壺中美人

寄席中継

金田一耕助が後日問題となった「壺中美人《こちゆうびじん》」というあの曲芸を見たのは、ほんの偶然のことからである。しかもかれはじっさいの舞台を見たわけではなく、テレビの寄席中継でそれを見たのだ。

そして金田一耕助がそのテレビを見ていたということが、後日事件の鍵《かぎ》となったのだから、かれの観察眼のいかに犀利《さいり》であるかということの、これはひとつの例証となるであろう。げんにかれの相棒の等々力《とどろき》警部もいっしょにそれを見ていたのだが、警部はそれを……金田一耕助の気づいたことをぜんぜん見のがしていたのだから。

それは妙にけだるい春の夜のことだった。緑ケ丘町にある高級アパート、緑ケ丘荘内の金田一耕助のフラットに等々力警部がやってきていた。

等々力警部がきていたからといって、かくべつ事件があったわけではない。金田一耕助や等々力警部といえども、いつもかつも事件を追っかけているわけではない。たまにはのんびりと茶をのみながら、世間話に時間をすごすことだってあるのだ。

等々力警部の目から見れば金田一耕助は孤独の人なのである。むずかしい事件に首を突っこんで犯人割りだしに精根をかたむけているような場合でも、どうかすると等々力警部は、金田一耕助を囲繞《いにょう》する雰囲気《ふんいき》に、救いようのない孤独の影を感じて、なんともいえぬ、いたましさにうたれることがある。

ことに事件が解決したあとの金田一耕助がそうだった。それまで謎の解明にみごとな回転をみせていたかれの脳細胞が、もはやその回転を必要としなくなったとき、すなわち、その回転がぴたりと停止したとき、金田一耕助はこのうえもなく孤独感におそわれるらしい。

等々力警部はそれほどセンシブルなほうではないが、この一種の天才の孤独にはいつもいたましさを感じずにはいられなかった。

その夜がやはりそうだった。

ふたりがふいと会話の谷間におちこんだのは、夜の九時ごろのことである。気のあった同士のあいだでも、ちょくちょくこういうことがあるものだ。なにも話すことがなくなって……と、いうよりも話をするのもいやになって、しばらく黙っていたいと思う瞬間……妙にしらじらとした空虚と倦怠《けんたい》感の一瞬。

等々力警部が金田一耕助の救いようのない孤独感を痛烈にあじわうのは、いつもこういうひとときなのである。

いつくしけずったともわからぬもじゃもじゃ頭、いつも憔悴《しょうすい》したように色つやのわるい顔、小柄な体を袷《あわせ》につつんで、よれよれの袴《はかま》をはいた姿……そういう金田一耕助の身辺をいたましい孤独の影がつつむのである。

等々力警部はことばの接ぎ穂をうしなって、金田一耕助の横顔をまじまじと見まもっていたが、そういう警部の気持ちに気がついたのか、金田一耕助は思いだしたようにテレビのスイッチを入れた。

金田一耕助はそのときべつに視聴したい番組があったわけではあるまい。それによっていくぶんでも、このしらちゃけた倦怠感から、救われはしまいかと思ったのであろう。しばらくの空虚ののち、急にキイキイとした、騒々しい音楽がきこえてきた。どうやら支那《しな》のメロディーらしいと思っていると、はたしてそこに辮髪《べんぱつ》の男が画面いっぱいにクローズアップされてきた。

金田一耕助のいま住んでいる緑ヶ丘荘のすぐそばを、高圧線が通っているせいか、チャンネルによっては映像がすこしダブるのだが、いま画面にあらわれているのは、いちばんダブるチャンネルらしく、辮髪の男の顔は輪郭がハッキリ二重になって、しかもいやにくろずんでいる。

その男はおどけた口調でなにかしゃべっているらしいが、伴奏の騒々しい支那音楽に消されて、ききとりにくいところが多かった。四十前後の満月のようにまんまるい顔にあいきょうがあって、しゃべるとまえの金歯がハレーションを起こしたように黒く光った。

話の内容はききとれなかったが、なにかの口上をいっているらしいと思った瞬間、画面がかわってなにやらへんてこなものが映しだされた。

金田一耕助にも等々力警部にもそれがなんであるか、とっさにがてんがいかなかったので、かえってつよく興味がひかれた。

「なんです、金田一先生、ありゃ……？」

「いやにてらてら光ってますね。昆虫《こんちゅう》の一部分かな。きれいな模様がついている」

「いや、金田一先生、あれは陶器の一部ですぜ。ほうら！」

「あっ、なるほど」

テレビカメラはなんの説明も解説もなく、陶器の壺《つぼ》の一部分を、あちらこちらとなでまわしていたのだ。警部がそれを陶器であると看破した瞬間、うつくしい牡丹《ぼたん》の模様のある大きな壺が、画面いっぱいに映しだされた。カラーテレビでないので色彩はわからないが、くすんだような壺の光沢のうつくしさには、ほれぼれするようなものがあった。

「いったい、こりゃなんです。陶器の説明かな」

「いや、いまは教養番組の時間じゃないでしょう。娯楽番組のはずだが……」

金田一耕助のそのことばもおわらぬうちにまた画面がかわって、こんどは黒いカーテンを背景としたどこかの舞台があらわれた。

そのカーテンのまえにあるさっきの壺とならんで支那ふうのいすがおいてあり、そのいすに腰をおろして、ゆるやかに扇子を使っているのは美しい支那服の女である。

年齢は二十か、あるいはもっとわかいのかもしれない。前髪をそろえて額に垂らし、花櫛《はなぐし》のようなものをさしている。両方の耳のうえになんの花だか、大きな花を飾っているのも愛らしい。

そのときまた画面が少し上手《かみて》に移動したかと思うと、舞台の袖《そで》に貼《は》りだしてある番組がカメラのレンズに捉《とら》えられた。

支那曲技　壺　中　美　人　　楊華嬢
楊祭典

「なあんだ、支那人の曲芸か」

と、等々力警部が吐きだすようにつぶやくのをきいて、

「警部さんはご存じなんですか。壺中美人っていったいどういうんです？」

「金田一さんはごらんになったことはありませんか。あの壺のなかに女が入るんですよ」

「え？　あの壺のなかへ女が入るんですって？　そんなことができるんですか。あんな小さな壺のなかへ……？」

「まあ、見ててごらんなさい。いまにタコがタコ壺へ入るみたいに、あの女がくにゃくにゃ体をくねらせながら、壺のなかへ入ってしまいますから」

「へえ？　そいつはまた気味が悪いですね」

やがて画面はまた辮髪の男の全身のクローズアップにかわったが、そのとたん中継線に故障でも起こったのか、プッツリと音がきこえなくなった。それでいて映像だけは動いているのである。

「おや、おや、かんじんなところで……」

「いいじゃありませんか。金田一先生、どうせこれなる美人がただいまより、あれなる壺へくにゃくにゃと、もぐりこんでごらんにいれまあすとかなんとか、そんなことをいってるにきまってますからね」

「あっはっは、それじゃ等々力太夫《たゆう》さんの口上《こうじょう》をききながら、壺中美人を拝見といきますかね。とんだサイレントテレビです」

音の故障を起こしたテレビを見たことのあるひとなら、だれでもおぼえがあるだろうが、それは妙に間がぬけてコッケイで空虚でさえある。そのことが、ちょうどそのときの金田一耕助や等々力警部の、なんとなくわびしい孤独な気分に、うまくマッチしていたといっていえないことはないようだ。

金田一耕助はなにげなく音の消えたサイレントテレビを見ていたが、急に、

「おや！」

と、口のうちでつぶやいて、テレビのほうへ身をのりだした。

「金田一先生、なにか……」

「ああ、いや、べつに……」

と、ことばを濁しながらも金田一耕助の目は、食いいるようにテレビの画像を見つめている。

テレビにうつっている壺中美人は、そのときカメラにむかってななめ前方を見せて腰

をおろしていた。裾《すそ》の両わきのきれたゆるい支那服を着て、ゆったりと支那扇をつかっている。カラーテレビでないのでよくわからないが、彼女の着ている支那服は極彩色なのだろう。刺繡《ししゆう》につかった金糸銀糸がおりおりハレーションを起こしてまぶしかった。耳の下にぶらさがっているのは翡翠《ひすい》の耳輪か。

その壺中美人にむかって辮髪支那服の男が、カメラのほうへななめ背後を見せて立っている。壺入りという本芸のまえのこまかな前芸をしているらしいのだが、口上がないのでどういう芸なのかよくわからない。

辮髪の男が壺中美人にむかってなにか投げるのを、女が扇ではらいのけるという芸当らしく、投げているのは銀貨らしかった。いちど女が払いそこなって、銀貨が胸にあたって跳ねっかえったことがあった。そのとき女はすかさずひざをすぼめて銀貨を受けとめたが、金田一耕助がおやとつぶやいて身をのりだしたのはそのときのことなのである。

等々力警部はしかし、銀貨があやうく女のほおにあたりそうになったので、それではっとしたのだろうくらいに考えて、それきりそのことは忘れてしまった。

前芸がおわるといよいよ壺入りだ。

カメラが女に移動すると、女はうえに着ていたゆるい支那服をぬぎすてた。したに着ているのは繻子《しゆす》かなにかでできているのであろう。ピカピカと光沢をおびた総タイツである。のどのところまでぴったりと肉に食いいるようなタイツだが、西洋式とちがって下半身はだぶだぶしていて、爪先《つまさき》にはこれまた繻子製らしい靴《くつ》をはいている。

柳腰《やなぎごし》ということばがそのままぴったりと当てはまりそうな、華奢《きゃしゃ》で、ほっそりとした美人である。

「なるほど、楚々《そそ》たる美人という形容がぴったりですね」

「そりゃ芸当が芸当ですからね、でぶでぶの肉体美人じゃいけませんや」

さて、曲芸は等々力警部がいったとおりだ。

楚々たる美人と金田一耕助がいったその女は、くねくねとえびのように関節をおりまげ、おりまげ、すこしずつ壺のなかへ体をしずめていくのである。そしてさいごに二本の華奢な腕が、壺の口からひらひらのぞいていたが、やがてそれも見えなくなると、全身はすっぽりと壺のなかへのみこまれてしまった。

そのとたん、故障がなおったとみえて、だしぬけに騒々しい支那音楽がきこえはじめ、観客席からわきおこる拍手のなかに、また満月のような辮髪の男の顔が、にこにこと画面にクローズアップされた。

「あんまり気味のいい芸当じゃありませんね。幼児虐待みたいで……」

「幼児？……幼児じゃありませんよ。あれでも二十ちかいんじゃないですか」

「どちらにしてももうよしましょう。またくねくねと壺のなかから出てくるんでしょうが、なんだか気持ちが悪いですよ」

金田一耕助はなぜかさむざむとした声でつぶやいて、プッツリとテレビのスイッチを切ってしまった。

昭和二十九年のものうい、けだるい四月五日の夜のことである。

雨の夜の惨劇

金田一耕助と等々力警部のふたりが、テレビの寄席中継ではからずも壺中美人を見てから、ちょうど五十日ののちの五月二十五日の夜……と、いうより二十六日の朝のことである。

東京都世田ヶ谷区成城町にある成城警察署所属の川崎巡査は、その夜のさいごのパトロールとして、成城の北側の町の舗装道路をコッコッと歩いていた。

時刻はもう午前一時になんなんとしていて、どこの家もねしずまっている。元来がものしずかな住宅街であるうえに、かれの受け持ち区域には成城学園という大きな学校があるので、夜ともなればことにさびしい。

川崎巡査が成城学園の西側の道を、北へむかって歩いていると、またバラバラと木の葉を鳴らして雨が落ちてきた。ことしはつゆが早いという気象庁の予報があたって、この二、三日お天気がさだまらない。

川崎巡査は口のうちで舌打ちしながら、レーンコートについたフードをすっぽり頭からかぶりなおした。

成城学園の西側の道をまっすぐに北までいきつくと、そこは畑になっていて、町はそこでいったん切れている。川崎巡査はそこまでいきつかぬうちに道をまがって左へとった。

高級住宅地になっているこのへんではどの家も庭がひろく、庭には樹木が多かった。その樹木のあいだに盗難防止の外燈がついており、その外燈のなかには誘蛾燈《ゆうがとう》をかねて蛍光《けいこう》を発しているのもあり、それが雨にぬれた木の葉のあいだにかがやいているのが美しい。

雨はますますはげしくなり、ときどきあちこちで犬のほえる声が、このものしずかな住宅町の夜のしずけさを破ったりした。

とつぜん川崎巡査はとある四つ角で立ちどまった。

北のほうからけたたましい犬の声がきこえてきたかと思うと、その犬の声に追われるように、雨の舗道をこちらへ近づいてくる足音をきいたからである。川崎巡査はとっさにかたわらの桜並木の、桜の幹に身をよせた。

コツコツコツ……コツコツコツ……

雨のなかを近づいてくるその足音の、どことなく軽やかなところから、あいては女らしいと川崎巡査は踏んでいる。しかも急いでは立ちどまり、立ちどまってはまた急ぐところをみると、なにかを警戒しているようだ。

その足音が三メートルほどそばまで近づいたとき、とつぜん桜の木陰からとびだした川崎巡査は、さっとそのほうへ懐中電燈の光をむけた。

「あっ！」

と、小声でさけんでいったんその場に立ちどまった足音のぬしは、つぎの瞬間身をひるがえして、いま来た道を逃げていく。

「あっ、お嬢さん、いや、奥さん、どうかしたんですか」

川崎巡査はあわてててそのあとを追いはじめる。

あいてのその怪しい挙動のみならず、懐中電燈の光のなかにうきあがった女の姿が、川崎巡査の疑惑をつよめるのである。

それはレーンコートを着た女なのだが、ふかぶかとまぶかにフードをかぶっており、おまけに大きなサングラスをかけ、鼻からしたはフードについた舌布《タング》でおおうている。あきらかにひとめを避ける姿であると気がつくと、川崎巡査はつよい疑惑と同時に功名心をかきたてられるのである。

「お嬢さん、いや、奥さん、お待ちなさい！」

と、うしろから懐中電燈の光をあびせていた川崎巡査は、ふと妙なことに気がついた。それはレーンコートのしたからのぞいている女の脚である。女はズボンをはいているが、そのズボンはちかごろはやりのスラックスや、マンボズボンではなくて、だぶだぶとしたふくらみをみせ、裾のほうがすぼまっているところをみると、支那人のはく下《した》袴《ばかま》のようである。ただし靴はふつうの革靴《かわぐつ》らしい。

「待ちなさい！　お嬢さん、奥さん、待ちなさい！」

女はしかしカモシカのような脚をもっていて、暗い横町の闇《やみ》から闇へと逃げていく。その思いつめたような逃走ぶりがただごととは思えないので、川崎巡査の心はいよいよおどった。

これはなにか重大事件に関係しているのではないか！

雨はいよいよはげしく、あちこちで犬のほえる声がけたたましい。しかし、ここいらの犬はみんな鎖につながれているか、そうでないのも屋敷内に閉じこめられているので、道路までとびだしてくるやつはいない。

「待ちなさい、待ちたまえ」

とうとう川崎巡査がうしろから、がっきり女を抱きしめたのはお屋敷町をひとまわりして、さっきはじめて女と出あった地点のすぐちかくだった。

「ど、どうしたんです。なぜそんなに逃げるんです」

女を抱きしめた川崎巡査の呼吸もあらく乱れていたが、それ以上にうしろから抱きしめられた女の胸のゆたかなふくらみがあらしのようにゆれていた。

「す、すみません、か、勘ちがいしていたんです。もう逃げませんからそこを放してぇ……」

女ははあはあと苦しそうな息づかいである。

「ほんとうにもう逃げませんか」

「ええ、もう大丈夫……レーンコートを着てらっしゃるもんだから、おまわりさんだとは気がつかなくて……悪いひとだとばっかり思いこんで……」

なあんだ、そうだったのかと川崎巡査は苦笑した。

そういえばレーンコートのうえにフードまでかぶっているのだから、パトロールと気がつかなかったのもむりはないかもしれない。

気がつくと川崎巡査の左手はつよく女の乳房をおさえている。もうそろそろ薄物の季節だから、ビニールのレーンコートのしたにむっちりと盛りあがった胸の隆起の感触が、わかいパトロールのほおに血を走らせた。

「いや、これは失礼しました」

と、川崎巡査はあわててその手をはなすと、

「こちらはこちらで、声をかけるといきなり逃げだすもんだから、てっきり怪しい者とばかり勘ちがいして……」

「はあ、ほんとうに申し訳ございません」

と、女はまだむこうをむいたまま身づくろいをととのえながら、

「少し怖いことを考えながら歩いていたものですから……」

「怖いことというと……?」

「こういうことですの」

女がくるりとこちらへむきなおったとたん、川崎巡査は左の下腹部にやけつくような疼痛《とうつう》を感じて、

「ヒーッ！」

と、のどのおくから悲鳴をしぼりだした。こわれた笛のような声だった。

女が下腹部から鋭い凶器をぬきとったとき、川崎巡査はくたくたとその場にくずれそうになりながらも、つよい怒りと責任感から、女のレーンコートのまえをつかんだ。

女の握った凶器がまたひと突き、鋭く川崎巡査の下っ腹をえぐった。

「ヒーッ！」

川崎巡査はふたたびのどのおくから悲鳴をしぼりだすと、がっくりと、雨にぬれた舗装道路のうえにのめっていった。

女は川崎巡査のそばからとびのくと、コッコッコッと舗装道路のうえを小走りに遠ざかっていく。

その足音がむこうの曲がり角へ消えたと思うとまもなく、自動車のエンジンがきこえてきて、それがしだいに遠ざかっていくのをききながら、川崎巡査は雨にうたれた舗装道路のうえでしだいに意識をうしなっていった。

陶器蒐集《しゅうしゅう》家

「もしもし、金田一さんですか。金田一先生でいらっしゃいますね。こちら等々力警部ですが……」

緑ケ丘町の高級アパート、緑ケ丘荘の金田一耕助のフラットへ、等々力警部から電話がかかってきたのは、五月二十六日の午前十時ごろ、すなわち川崎巡査が路上で刺されてから、九時間ほどのちのことである。

「はあ、はあ、こちら金田一耕助ですが、警部さん、なにか……?」

「金田一先生、あなた朝のお食事は……?」

「いや、じつはいまムシャムシャやってるところですよ。片手にトースト、片手に受話器というわけです」

ひとりものの金田一耕助の朝の食事はいたってかんたんである。トースターでトーストを焼いて、卵の半熟に牛乳のカップ、気がむくとじぶんで野菜サラダくらいはつくるのだが、それもめんどうだと果物ですましてしまう。きょうはそのめんどうな日だったとみえて、かん詰めのアスパラガスにいちごクリームで、朝の食事をはじめようとしているところへ、等々力警部から電話がかかってきたというわけである。

「ああ、そう、それできょうのご予定は……? なにかお約束がおありですか」

「いいえ、べつに……警部さん、なにかおもしろいことでもありますか。あったらぼくも仲間に入れてください」

「ああ、そう、そりゃちょうど好都合でした。それじゃこれからすぐにお出かけになりませんか。あなたにとっては、とくに興味のふかい事件だろうと思ったものですからお電話したのです。大至急食事をすませていらっしゃい」

「はあ、はあ、ありがとうございます。それで場所は……？」

「成城なんです。小田急沿線の……」

「成城……？」

と、聞きかえして金田一耕助はちょっとことばをきったが、すぐ思いなおしたように、

「成城のどのへんですか」

「いや、もしすぐにお見えになるのでしたら、成城駅の北口までだれかを迎えにやることにしましょう」

「じゃ、大急ぎで朝飯をパクついて、それからすぐに出発します。自動車でいけば二十分もあれば大丈夫ですから、じゃ、十時四十分ごろ、どなたかをいまおっしゃったところへ迎えによこしてください」

「承知しました。じゃ、またのちほど……」

等々力警部との通話がおわると、金田一耕助はすぐにかかりつけのガレージへ電話をかけて、ハイヤーを一台まわすように頼んでおいて、それから大急ぎで朝の食事をパクつきはじめた。

朝の食事をパクつきながら、金田一耕助はつぎからつぎへと数種類の新聞を、テーブルのうえでひろげてみていた。等々力警部から成城ときいて、金田一耕助には思いあたるところがあったのだ。

けさの新聞のどの社会面のトップにも、その事件がでかでかとのっている。

凶悪無残な殺人事件と殺人未遂――殺されたのは変わりもんの画家で、未遂におわった事件の被害者は、まだわかいパトロールである。ふたつの事件はそれが起こった場所の距離からして、おそらく同一人物の犯行によるものだろうという。

金田一耕助がそれらの新聞に目をさらしながら、やっと朝飯をつめこんだところへ、迎えのハイヤーがやってきた。

例によってくたびれたセルの単衣《ひとえ》に、よれよれのセルの袴《はかま》、雀《すずめ》の巣のようなもじゃもじゃ頭に、ちょっと櫛《くし》をいれただけで、自動車に乗りこんだ金田一耕助は、くるまのなかでもういちど、新聞の記事を読みくらべたが、締め切りギリギリの事件だったとみえて、見出しの煽情的《せんじょうてき》なわりには、どの新聞の記事もあまり内容が豊富ではない。

殺害された画家の名は井川謙造《けんぞう》というのだが、正直なところ金田一耕助はそういう名の画家をしらなかった。路上で刺された川崎巡査は重態で、まだ口がきけるような状態ではないらしい。

それにしても、これらの事件のどこに、とくにじぶんの興味と関心をそそる理由があるのだろうかと、金田一耕助はあれやこれやと読みくらべてみたが、ついにその謎は発見できなかった。

二十分ののち金田一耕助をのっけた自動車が成城駅の北口へつくと、顔なじみの志村刑事が待っていた。（注――「支那扇の女」参照）

「やあ、金田一先生、ご苦労さま。またひとつお願いしますよ」

　と、自動車へ乗りこんできた志村刑事に席を譲りながら、

「志村さん、事件というのはけさの新聞に出てる、この井川謙造という変わりもんの画家のあれなんですか」

　と、金田一耕助がたずねると、

「ええ、そうです、そうです」

　と、志村刑事はさぐるように金田一耕助の横顔を見ながら、

「等々力警部さんのお話によると、先生はなにかこの事件に、関係がおありだとか……？」

「警部さんがそんなことをいってましたか」

「はあ、なんでもそんなお話でしたよ。それでこちらの主任さんも大喜びで、それじゃひとつまた、金田一先生のご協力を仰ごうじゃないかということになって……」

「警部さんもさっき電話でそんなことをいってたんですが、ぼくにはいっこう心当たりがないんですがねえ」

　と、金田一耕助はちょっと考えたのち、

「ときに、パトロール中の警官がひとり現場付近の路上で刺されていますが、やはり両者のあいだに関係ありという見込みなんでしょうねえ」

「はあ、だいたいそういうことになってますが、いまんところ川崎巡査が重態で、まだ話がきけないものですから……」

「生命の危険は……？」

「まだどちらともわかりません」

志村刑事のくちぶりにはふかい憂慮と同時に、きびしい憤りがうかがわれた。

第一の現場にあたる井川謙造の家というのは、成城駅から自動車で三分くらい、ツゲの垣根《かきね》にかこまれた陰気な平屋で、ひさしく植木屋のはさみもはいらぬらしいカシの木が、青い新芽をのぞかせて、うっとうしく垣根のなかにしげっている。

「井川謙造」

と、自然木の一部をけずって書いてある門柱のなかへ入ると、玄関まで五間あまり、鉄平石《てっぺいせき》が敷きつめてあり、ちょっとしゃれた玄関の外のとぎだしのすみには、若カエデのしげったしたに、大きな陶器の瓶《かめ》がすえてある。

陶器のことはよくわからぬ金田一耕助だが、くすんだ茶かっ色の光沢がうつくしく、表面にやきつけられた模様にも、どこか古怪のおもむきがある。たぶん古い支那焼きなのであろう。玄関のなかはひっそりしていた。

「金田一先生、こちらからまわりましょう。現場はアトリエのほうですから」

玄関の右側に建仁寺垣《けんにんじがき》があり、その建仁寺垣にしおり戸がついている。志村刑事の案内でそのしおり戸からなかへ入ると、そこは意外にひろくて、いちめんに敷きつめた芝の色が、ようやく芽をふきはじめてうつくしい。その芝生の左側に和風の母屋が建っており、芝生をこえた正面、すなわち母屋と鍵《かぎ》の手になったところに、アトリエが建っている。

　アトリエは北側から光線をとるのがふつうだから、いま芝生のむこうに見えるその建物は、ちょうど裏側が見えるわけである。しかし、そのアトリエの裏側に、芝生にむかってベランダのようなものが設けてあり、そこからなかへ入れるようになっている。あとでわかったところによると、このアトリエは母屋のほうからも廊下つづきになっていた。

　アトリエの周囲や芝生のあたりを、おおぜいの係官が、ものものしい顔をしてひしめきあっていることはいうまでもない。

　アトリエは十二坪というのがふつうだそうだが、いま南側のベランダからなかへ入ると、すぐ左側に階段があり、アトリエの西側の一部に中二階のようなものがせりだしている。事件はその中二階で起こったらしく、さかんにフラッシュをたく閃光《せんこう》が稲妻のように走っていた。

「警部さん、警部さん」

　と、志村刑事は中二階のしたに立って声を張りあげた。

「金田一先生がお見えになりましたよ」

「おっ！」

　と、中二階のおくから聞きおぼえのある声がしたかと思うと、手すりのうえから顔をのぞけたのは、金田一耕助もおなじみの成城署の捜査主任、山川警部補である。（注―

「支那扇の女」参照)

「やあ、金田一先生、ご苦労さま、どうぞこちらへ……警部さんもおいでになります」

「ああ、そう」

金田一耕助が袴のすそをたくしあげて、せまい階段をのぼっていくと、手すりのついた中二階のおくに、四畳半ばかりの天井のひくい小房《しょうぼう》があり、なかに四、五人捜査係官がひしめいていた。

「やあ、金田一先生、ようこそ。さあ、どうぞこちらへ……君、君、金田一先生に席を譲ってあげてくれたまえ」

小房のなかから声をかけた等々力警部の瞳《ひとみ》には、一種異様なかぎろいが揺曳《ようえい》しており、この警部がいまただならぬ興奮状態にあることを示している。

係官が道をあけてくれたので、金田一耕助がせまいドアからなかへ入ると、そこには大きなベッドがすえてあり、ベッドのうえにはでなタオルのパジャマを着た男が、あおむけにねかされている。ベッドの白いシーツと、ベッドのしたの床《ゆか》の絨緞《じゅうたん》にべっとりと血がしみついている。

金田一耕助はベッドのうえをのぞきこみながら、

「警部さん、これが被害者の井川謙造氏なんですね」

「ええ、そうです、そうです」

と、等々力警部が相づちをうつかたわらから、

「死因は背後からのひと突き。……傷は左肺部まで達しているそうですから、おそらくそのひと突きでこときれたことでしょう。ただし、凶器はまだ発見されておりません」

と、山川警部補が説明をくわえた。

あおむけにねかされた井川謙造という男は、四十前後というとしごろだろう。そろそろ額がはげあがっているが、色の浅黒い、ちょっとした好男子である。

しかし、すこしひらいたくちびるのあいだからのぞいている歯が、たばこのヤニでくろく染まっているばかりか、右手の中指や人差し指にもニコチンで焼けた跡があり、この男の不摂生な生活を思わせるようだ。それに細面の、鼻がぴんとたかすぎるのが、なんとなく冷酷そうな印象をひとにあたえる。全体としてやせぎすだが、強靭《きょうじん》そうな体つきだった。

金田一耕助はその死体から目をそらすと、あらためて小房のなかを見まわした。

この小房はアトリエの北西のすみに位置しており、北にむかって小さな窓がついているきりで、天井の低さといい、またその狭苦しさといい、まるで箱のなかにいるようである。

それでも少しでも居心地をよくするつもりか、部屋いちめんにピンクの壁紙が貼ってあり、せまいドアの内側にもピンクのカーテンがしめられるように垂れている。このピンクの色彩がなにかを暗示しているばかりか、壁にかかった油絵の裸婦などもかなりセンジュアルなものだった。

部屋のなかにはベッドのほかに、鏡つきの整理ダンスや本棚《ほんだな》があり、本棚のなかには外国版の画集や美術雑誌などが、乱雑に突っこんであり、多くはうすくほこりをかぶっている。脚つきの籐《とう》の乱れかごがひとつあって、そのなかに被害者のものとおぼしい洋服やワイシャツがぬぎすててあり、ベッドの枕《まくら》もとの小卓には、電気スタンドのほかに、青磁の壺がおいてあり、壺のなかにはみずみずしいバラの切り花が盛りあがっていた。

金田一耕助はひとわたり部屋のなかを見まわしたのち、

「ときに、警部さん、このうちの家族は……?」

「細君があるんだそうですが、目下別居中だというんですね」

「金田一先生」

と、そばからくちばしをはさんだのは山川警部補である。

「被害者はこの部屋を夢殿と称していたそうですが、ほら、そのドアの内側に垂れているカーテンが、鉄のカーテンだったらしいんですよ」

「と、おっしゃると……?」

「いえね、金田一先生」

と、山川警部補は鼻のうえにしわをきざんで、妙なうすわらいをうかべると、

「井川という男はそうとう色好みの男だったとみえて、とっかえひっかえこの部屋へ女を引っぱりこんでたというんです。そのためにわざわざこのアトリエの北側にもドアをつくり、外の垣根にも勝手口をつくって、門や玄関を通らなくとも、外部から直接この

部屋へ、女がやってこれるようにしたんだそうです。だから母屋に細君がいようがいまいが、平気でここで女とふざけていたというんですね。ずいぶんご乱行《らんぎょう》だったらしい。……」

「だれがそんなことをいってるんです」

「ばあやですよ」

と、等々力警部がことばをはさんで、

「いまこのうちには宮武たけというばあやが、ひとりいるきりなんです。細君が逃げだしてからというものはね」

「金田一先生」

と、山川警部補がまた話を引きとって、

「母屋へ通ずるドアをこちらからぴったりしめて鍵《かぎ》をかければ、このアトリエは完全にオフ・リミット。あの階段をあがってこの中二階のドアをしめてカーテンをかければ、鍵穴からのぞかれる心配もなし、どんな悪ふざけでもできますよ。だからこれが鉄のカーテン」

なるほど北の窓から外をのぞくと、アトリエから二間ほどへだてたところにツゲの垣根がめぐらしてあるが、その垣根にあとから作ったらしい入り口ができている。そして、その垣根のむこうはいちめんの麦畑である。だから、この家そのものが成城の町はずれになっているうえに、この小房がまたこの家のなかでも別天地になっているらしい。

「それで別居中の細君のいどころはわかっているんでしょうねえ」

「ええ、いま宮武たけにいどころをきいて、迎えにやってありますから、まもなくやってくるでしょう。なんでもいま離婚訴訟中だそうで、宮武のばあさんの話によると、そうとうの慰藉料《いしゃりょう》を要求しているらしいんです」

「宮武のばあさんの話によると、以前キャバレーのダンサーかなんかしていた女らしいんですよ。マリ子というんだそうですがね」

と、等々力警部の説明のあとを、山川警部補が引きとって、

「ところがマリ子じしんがまえの細君のじぶん、こっそり裏の勝手口から、この中二階の階段をのぼっていた口なんだから、慰藉料がきいてあきれると、宮武のばあさんはせせらわらっているんですがね」

「ああ、そうすると二度目の奥さんなんですね。そのマリ子さんというのは……？」

「そうです、そうです」

「それで、まえの奥さんというのは……？」

「いや、そういうことは宮武たけにあって、直接きいてください。じつはね、金田一先生」

「はあ」

「その宮武たけという女が妙なことをいうもんですから、それであなたをお呼びする気になったんです」

「妙なことといいますと……？」

「じゃ、ここはまたご希望ならばあとでごらんいただくことにして、いちおう階下へおりようじゃありませんか。あなたに見ていただきたいものがあるんです」

井川謙造のいわゆる夢殿を出て、中二階の階段をおりるとき、アトリエのなかを見わたすと、左側にあたる北面には採光用のひろい窓がとってある。それに反してベランダを通って入るドア以外は、いちめんの壁になっている南側には、壁いっぱいに飾り棚が設けてあって、そこに飾ってあるのは壺だの皿だの花びんだの、全部陶器の類だった。

金田一耕助は玄関わきに飾ってあった大きな陶器の壺を思いだして、それでは井川謙造という男は、陶器の蒐集家《しゅうしゅうか》だったのかとうなずいた。

「金田一先生、どうぞこちらへ……」

等々力警部のみちびいたのは中二階のしたである。

そこはちょうど夢殿のしたにあたっているが、簡素ないすテーブルが配置してあって、ちょっとした応接室になっている。この応接室の北側の壁をあとからくりぬいてドアを作り、そこから裏門へ出られるようになっているのである。

そのドアのすぐ内側、すなわち中二階のしたの応接室の片すみに、さいきん荷を解いたばかりらしい大きな陶器の壺がおいてある。

「金田一先生。あなたこの壺に見おぼえはありませんか」

「ええ？」

と、金田一耕助はおもわず等々力警部とその壺を見くらべた。

壺は直径七十センチばかり、高さは金田一耕助のヘソよりちょっとうえくらい。ろうのように青味をおびて白く澄んだ地に、まっかな大輪の牡丹の色が、どくどくしいまでに鮮やかである。

金田一耕助はその壺のまわりをひとまわりしたのちに、不思議そうな目を警部にむけた。

「警部さん、この壺がなにか……？　この家の主人は陶器の蒐集家のようですが……」

「はあ。それについてこの壺になにか思いだされることはありませんか」

「さあ、どういうことでしょうか。いっこうに……」

「ほら、いつか……いまからふた月ほどまえになりますが、お宅のテレビで壺中美人という曲芸を見たことがありましたね」

「えっ？」

「これはどうやらあのときの、壺中美人の壺らしいんですよ」

金田一耕助はあきれたように色鮮やかなその壺と、等々力警部の顔を見くらべていたが、とつぜん五本の指を雀の巣のようなもじゃもじゃ頭につっこむと、ガリガリバリバリ、めったやたらとかきまわしはじめた。

女と壺

アトリエの一隅《いちぐう》、すなわち中二階のしたの応接室で、はじめて宮武たけに会った金田一耕助は、予想に反したあいての人柄にちょっと目を見はった。

等々力警部はこの女をばあやと呼んでいた。だから金田一耕助ももっと粗野な、飯炊きばあさんみたいな女を想像していたのだが、会ってみるとその女は、結城《ゆうき》つむぎのよく似合う、しっとりと品のいい中年の婦人だった。

年齢は四十五、六だろうか、色白できりょうも悪くないのだけれど、惜しいことに眼底出血でもやったのか、左の目に大きく白い星が入っている。いったい、片目に白い星の入っているような人物は、どことなく人相がうさんくさく見えるものだが、この女にはそれがない。持ってうまれた品《ひん》のよさが、うさんくささからこの女を救っているようだ。

金田一耕助に紹介されたとき、宮武たけの態度はひどくおどおどしていた。多少舌がもつれるようなのは、中気のせいかもしれない。

「宮武さん」

等々力警部も多少の敬意をこめた口ぶりで、

「この金田一先生というひとは、こういう事件にはとても手腕をもっているひとなんだ。

で、すまないがあんたがゆうべ目撃した事実を、もういちどこちらのまえで話してあげてもらいたいんだが……」

「はあ、あの……」

宮武たけはひかえめながらも、不思議そうな目で金田一耕助のもじゃもじゃ頭を見やりながら、

「それはさきほどからなんべんも申しあげたことですけれど、もういちどおなじことを繰りかえさなければいけないんでしょうか」

「だから、すまないといってるんだ。あんたもたびたびでいやだろうが、わたしももういちどきかせてもらいたいと思うんだ」

「はあ、あの、さようでございますか。そうおっしゃるならばお話し申しあげてもよろしゅうございます。なんど申しあげてもおなじことでございますけれど……」

と、宮武たけはハンケチを出して口のまわりを拭《ぬぐ》いながら、それとなく金田一耕助を観察しながら落ちついた口調で語りだした。

「あれは真夜中の一時ごろのことでございました。あたしなんとなく……と、いうより夢のなかでなにかひとの叫び声をきいたような気がして、はっと目がさめたんですの。目がさめてからあたしなんとなく胸騒ぎがいたしました。いまの声はアトリエのほうからきこえたのじゃなかったかしら……そう思って電気をつけて枕もとの目ざまし時計を見ますと、時間は一時五分まえでございました。あたししばらく躊躇《ちゅうちょ》していたんですけ

れど、とにかくたしかめてみなければ気がすまなくなりまして、とうとう思いきって廊下づたいに、そこのドアのまえまできたんですの」

と、宮武たけが指さしたのは北側のドアではなく、中二階へあがる階段の真したにあたるドアで、そこから母屋へつながっているのである。

「そして……」

と、宮武たけが話をつづけようとするのを、

「ああ、ちょっと……」

と、さえぎったのは金田一耕助である。

「どうしてゆうべに限ってそんなに気になったんですか。なにかご主人のことが気になるような理由でもあったんですか」

「いいえ、それはゆうべに限ったことではございませんの。マリ子さん……目下別居中の奥さんですわね。そのかたが出ていかれてからというもの、いつかなにか、いやなことが起こるのではないかと、しじゅうそんな気がしてならなかったものでございますから……」

「と、いうことは、マリ子さんというひとが、ご主人になにか危害でも加えやあしないかという、懸念《けねん》があったとでも……」

「いいえ、いいえ、とんでもございません」

と、宮武たけはあわてて手をふって打ちけすと、

「そんなことより先生のご素行でございますわね。奉公人のあたしの口から、なんともご意見ができかねたことでございますけれど、それでもたまには申しあげたんですのよ。少しご乱行がお過ぎになりはしないかって……それにここはこのとおり、無用心な場所ですし、それにゆうべもだれかこのアトリエへ、お見えになっているらしいってことをしっていたもんですから……」

「お見えになっているらしい……と、おっしゃるところをみると、あなたはその人に会わなかったんですね」

「はあ、このうえの部屋へ忍んでくるひと……もちろん女のかたですわね。そういうひとにはいつだって、会ったことはございません。先生がごじぶんで裏口から招じいれて、二階へご案内なさるんですから。……」

「それで、ゆうべはどういうふうだったんです。おやすみになるまえは……？」

「はあ、それはこうでした。お夕飯がすんでまもなく、こんやはアトリエのほうへねるからとおっしゃって、こちらのほうへお引きとりになったのが八時ごろのことでした。このアトリエのほうへねるとおっしゃるのが、一種の符牒《ふちょう》のようなもので、そんな晩にはいつもきまってご婦人の客が、このうえの部屋へ遊びにきていらしたようでした」

「それで、ゆうべもだれか女客があったらしいことは、あなたも気がついていられたんですね」

「はあ、それはいかに別棟になっているとはいえ、廊下つづきになっておりますから、そこはなんとなく気配でわかります」

「ゆうべの客は何時ごろにやってきたかわかりませんか」

「九時にはお見えになっていたようですわね。いついらしたのか正確には存じませんが……」

「あなたがおやすみになったのは……？」

「十一時ごろのことでした」

「そのじぶん、アトリエの客はまだいましたか」

「それはもちろんいたでしょう。だって一時すぎにあたしがこの目で、その姿を見たんでございますもの」

「ああ、なるほど、それじゃそのときのことをお話しください。つまり、一時五分まえに妙な叫び声に目をさまして、そのドアの外までこられたんでしたね。それから……？」

「はあ、そうしますと、このアトリエのなかで、なにやらゴソゴソとひとの気配がいたしますでしょう。あたしなんとなくゾーッといたしましたが、それでも、先生、先生でいらっしゃいますかと、ふたこと三こと、声をかけたとおぼえております。そうしますと、ぴたりとひとの気配はとまったんですけれど、それでいて、ドアのむこうにだれかいるような気がしてならなかったんですの。それで、ふと思いついてその鍵穴からなかをのぞいてみますと、あの女がそのへんに立っていたんですの」

　と、宮武たけが指さしたのは、いま金田一耕助が腰をおろしているあたりから、少し北側のドアよりの部分で、なるほどそこだと鍵穴から真正面になっている。

「そのとき女の姿が見えたとすると、このアトリエには明かりがついていたんですか」

「いいえ、アトリエの電気は消えていました。しかし、このうえのお部屋……先生はあの部屋を夢殿と呼んでいらっしゃったんですけれど、そのお部屋に電気スタンドがついていて、その光が部屋からもれて、薄ぼんやりとそこいらを照らしていたんです」

「なるほど、それでどういう女だったんですか、それ……?」

「さあ、それが……なにぶんにも薄暗くてよくわからなかったんですけれど、顔に大きな黒眼鏡をかけていたようでした。それにあたしが不思議に思ったのは、支那人のはくようなズボン、ちょっとダブダブとして裾のつぼんでいるズボン……そういうものをはいていたように見えたんですの」

金田一耕助がはっとしてふりかえると、等々力警部は無言のまま、きびしい目をしてうなずいている。金田一耕助にもやっと警部がこの事件に、じぶんを呼びだした理由がわかりかけてきたのである。

「ふむ、ふむ、それで……? それからその女はどうしたんですか」

金田一耕助がテーブルのうえに身をのりだすと、宮武たけも興奮の色をふかくして、

「はあ、それが、あっと思うまに鍵穴から見えなくなってしまいましたの。でも、そのときあたしがとてもびっくりしてしまったのは、その女がナイフ……パレットナイフをもっているように見えたことですの。そこへもってきてさっき夢うつつにきいた叫び声

のこともございますでしょう。あたし、もう怖くて……怖くて……」

宮武たけの片方しか見えない目が、おびえたようにとがってふるえている。こういうとき、白く星の入った目が無気味であった。

「それでどうしたんですか。むろんあのドアには鍵がかかっていたんだろうが、鍵はほかにもあるんじゃないんですか」

「いいえ、鍵はひとつきゃなくて、先生がもっていらっしゃるきりなんです。そうでないと先生、安心してかってなことができませんもの」

「ああ、なるほど、それで……？」

「はあ、それがねえ、金田一先生」

と、宮武たけもいくらか打ちとけてきて、

「あたし、怖いことは怖かったんですの。でも、なんだか夢みたいな気もしたんですのよ。だって、このアトリエのなかに支那服の女がいるなんて、なんだかばからしいような気もしたんです。それにむやみに騒ぐわけにもまいりませんわねえ。もしなんでもないことでしたら、先生のお顔にかかわることですもの……」

「それは大きにそうですね」

「そうでございましょう。そこであたしとしては、もう少しハッキリしたことをたしかめてみたかったんですの。そこで母屋のほうから庭へ出て、あのベランダからなかをのぞいてみたんですの。さいわいカーテンが少しずれておりましたので、そこからなかをのぞいてみると……」

と、宮武たけは白い星の入った目を、真正面から金田一耕助のおもてにすえて、

「先生、そこでいったいあたしがなにを見たとお思いになりまして……？」

「なにをごらんになったんですか」

「ここにいらっしゃるこのかた……」

と、宮武たけは等々力警部を指さして、

「このかたがいらして、はじめてあたしのことばを信用してくだすったのですけれど、ほかのかたはだれもあたしの話をまに受けてくださらなかったんですの。でも、あたしはたしかにこの目で見たんですのよ。その支那服の女が、ほら、その壺のなかへ入ろうとしているのを……」

金田一耕助はまたはっとして等々力警部をふりかえった。等々力警部はあいかわらずきびしい目をしてうなずいている。山川警部補だけがいまだに半信半疑の顔色だった。

「先生、これ、ほんとうでございますのよ」

と、宮武たけはことばをつよめて、

「あの壺はきのうとどいたばかりなんですけれど、あのなかへ支那人みたいなその女が、手脚をもがもがさせながら、入ろうとしているじゃございませんか。いまでもそれを思いだすと、あたし夢を見ているような気がするんでございますけれど、これ、けっして夢ではございません。正真正銘、この目でハッキリ見たことなんですの」

金田一耕助はとつぜん肚《はら》の底からこみあげてくる、興味と好奇心のとりこになった。おもわず五本の指を雀の巣のようなもじゃもじゃ頭につっこむと、バリバリガリガリ、めったやたらとひっかきまわした。これがいつもいうように、興奮したときのこの男のくせなのだが、あまりとつぜんのこの発作に、宮武たけはあきれたように、白い星の入った目を見はっている。

「いや、いや、どうも……」

と、金田一耕助もあいての顔色に気がつくと、あわててその無作法な動作をやめると、

「これは失礼いたしました。それでどうしました、その支那人みたいな女……？　ほんとに壺のなかへ入ってしまったんですか」

「金田一先生」

と、宮武たけはさぐるように金田一耕助の顔色を見まもりながら、

「くどいようでございますけれど、これ、けっしてうそじゃございませんのよ。あたしたしかに見たんですの。その女が壺のなかへ片脚をいれて、両手をうえへのばして組みあわせ、もがもが体をくねらせておりますのを……あれ、壺のなかへもぐりこもうとしていたとしか思えませんの」

「いや、いや、宮武さん、ぼくはけっしてあなたのお話を疑ってるんじゃないんですよ。そういう曲芸を得意としている支那人がいることもしっています。それで、けっきょくその女、壺のなかへすっぽり入ってしまったんですか」

「いいえ、それが……あのときあたしもっと落ちついていればよかったんです。でも、なかなかそうはまいりませんわね。あんまりびっくりしてしまったもんですから、あたし、思わず声を立ててしまったんですの。その声に女ははっとベランダのほうを見ましたが、ひとに見られたと思ったんでしょうか。壺のなかから片脚をぬきだし、あわててそのドア……」

と、宮武たけは北側のドアを指さして、

「そこからとびだしていったんです」

「その女、あなたの声におどろいてベランダのほうをふりかえったとすると、あなたそのとき女の顔は……？」

「はあ、それが……なにしろ暗かったもんですから……もうひとつハッキリとわからなかったんです。でも支那服を着ていたことと、大きな黒眼鏡をかけていたことはまちがいがございません」

「なるほど。それからあなたはどうなすったんですか」

「はあ、それが……支那服の女が壺のなかへかくれようとしていたなんて、あんまりばからしゅうございますわね。げんにこちらなんかまだほんとにしていらっしゃらないくらいなんですもの……」

と、山川警部補のほうへ視線を送って、

「それですから正直のところ、あたしもどうしようかと思ったんですの。先生をお呼びしても返事はございませんし、と、いってむやみに騒ぎたてて、なんでもなかったら先生の恥でございますしね。あたし途方にくれたんですけれど、そのうちにいま支那服の女が逃げだした、北側のドアが開いているんじゃないかと、アトリエをひとまわりしていってみると、はたして開いておりました。そこでなかへ入ってきますと、このうえのお部屋のドアやカーテンが開けっぱなしになっていてそこから灯《あか》りがこぼれていました。あたし、そのへんに立って、先生、先生となんども呼んでみたんですけれど、いっこうお返事がございません。そこでこわごわあの階段をあがって、二階のお部屋をのぞいてみると……」

と、宮武たけはうわめづかいに低い天井を見あげると、ゾーッとしたように肩をすぼめた。むりもない。そこには彼女の主人がいまも死体となって横たわっているのだから。

「それで、そのときのご主人のようすは……？」

「はあ、それが……」

宮武たけが顔をしかめて、いよいよ肩をすぼめるのをみて、

「いや、それはわたしからお話ししましょう」

と、そばから口を出したのは山川警部補である。山川警部補はテキパキと、

「宮武さんから署へ電話があったのが一時四十五分のことでした。そのまえに川崎巡査の一件があったので、深夜ながらもわれわれは署に詰めていたんです。そこでわれわれがここへ駆け着けてきたのが一時五十五分ごろのこと。宮武さんの機転で現場は発見さ

れたときのままになっていたんですが、そのとき被害者はパジャマのまま背中を刺されて、ベッドのしたの床のうえにうつぶせに倒れていました。ところが、その被害者が左腕だけをガウンの袖《そで》にとおしていたところをみると、こういうふうに考えられると思うんですが……」

と、山川警部補は金田一耕助と等々力警部の顔を見くらべながら、

「被害者はゆうべあの部屋で女とふざけた。そしてことをおわったあとで女を送りだそうとして、パジャマのうえからガウンを着ようとして左腕を袖にとおした。女はそれを手伝うふうをして、うしろへまわってぐさっとひと突き……たぶんそんなふうだったろうと思うんですが、そのときの死体の写真がとってありますから、金田一先生もあとでごらんになってください」

「なるほど」

と、金田一耕助は考えぶかくうなずいて、

「そのときの被害者の叫び声を、宮武さんが夢うつつにきかれたというわけですね」

「はあ、時間的にもそれで一致するんです。宮武さんは目をさましてからすぐ枕もとの時計を見たら、一時五分まえだったといっている。検屍《けんし》の結果でもだいたい十二時から一時までのあいだということになっておりますから……」

「それで、女とふざけたあとがあるんですか」

金田一耕助が宮武たけに気がねしながら質問すると、

「はあ、それはもちろん。わずかながらもあそこに痕跡《こんせき》が残ってるんです。あの夢殿には一穴《いっけつ》の水洗便所がついているので、事後そこで洗滌《せんじょう》したらしく、ほんの微少なものですが、女のあれらしきものが付着しているんです」

「それから女の血液型が鑑定できませんか」

「いや、それはわたしも医者にいってみたんですが、それは少しむりじゃないかというんです。あれからは必ずしも血液型は鑑定できないそうで……」

「ああ、なるほど」

　ふつう一般人としては、いささか行儀の悪いこの一問一答を重ねながらも、金田一耕助はまむかいに腰をおろしている、宮武たけの顔色の動きを、観察することを怠らなかった。

　宮武たけは伏し目がちに、ひざのうえでハンケチをもんでいるが、被害者が女とふざけた痕跡がのこっているときいたとき、いっしゅん指先に力がこもったのは、彼女にとってその事実が意外だったからではあるまいか。しかも、彼女はじぶんのうけた意外な感じを、外へあらわさぬように努力している。……

「宮武さん」

　金田一耕助に声をかけられて、はっとしたように顔をあげた宮武たけの表情にも、あきらかに狼狽《ろうばい》の色が動揺していた。

　しかし、金田一耕助はさりげなく、

「あなたが目をさましたのが一時五分まえとして、警察へ電話がかかった一時四十五分までには五十分ありますね。支那服の女はそんなに長くあのアトリエで、まごまごしていたんですか」

「いいえ、それはそうではございません」

宮武たけは白い星の入った片目で、金田一耕助をにらむように見すえながら、

「それについてはこちら……山川警部補さんからも、なんども質問をうけましたけれど、金田一先生」

「はあ」

「けっきょくはそれくらいかかったのでございますよ。そのとき気が顚倒《てんとう》しておりましたから、いちいち時間の計算などしてはおれませんでしたが、あとで考えてみますに、支那服の女がここから逃げだしていったのは、一時か一時五分ころのことじゃないでしょうか。しかし、それからあたしがこのアトリエへ入ってきて、あの中二階のお部屋で先生が刺殺されているのを発見するまでには、やはり五分か十分くらいはかかってるんじゃないでしょうか。それからすぐにあたしは母屋へかえって、一一〇番に電話をかけたんですけれど、すっかり度を失っていたものですから、電話線が切断されていることに気がつくまで、そうとうひまがかかったんですの」

「ああ、なるほど、電話線が切断されていたんですか」

「はあ、それですから、それに気がつくまでにだって、五分や十分かかったろうと思い

ます。それからお隣の須藤さんとこへお電話を拝借にあがったんですけれど、女のことですからねまきのままでもいけませず、やっぱり着がえもせねばなりませんわねえ。急いだことは急いだんですけれど、そこらにまだ犯人がいるんじゃないかと思うと、怖くて、怖くて……それに寝入りばなだったとみえて、須藤さんがなかなか起きてくださらなかったものですから、けっきょくそれだけかかったのでございますの」

「なるほど、いや、よくわかりました。あわてているときはえてしてそんなもんです。それはそれとして、宮武さん」

「はあ」

「あの壺のことについておたずねしたいんですが、あれきのうとどいたばかりだということでしたね」

「はあ」

「ご主人はどこであれを手に入れられたのかご存じありませんか」

「さあ、そこまでは存じません。きのうの夕方運送屋がとどけてまいりまして、あの裏口から運びこみ、あたしも手伝って荷を解いたんですけれど……そうそう、そのとき先生が妙なことをおっしゃいましたの」

「妙なことというと……?」

「この壺のなかへ女の子が手脚をくねくね折りまげて入るんだって。……あたし冗談だと思ってあいてにもしなかったんですけれど、ゆうべほんとに女があの壺のなかへ入ろうとしているのをみて、ほんとうにびっくりしてしまいました」

山川警部補がききとがめて、

「宮武さん。そんなことがあったんですか」

「はあ、これはまだあなたには申しあげていませんでしたわねえ。壺のことについておたずねがなかったもんですから」

山川警部補はいささかむっとしたように、

「そのときここのご主人、その女がこんやここへ忍んでくるというようなことはいってなかったかね」

「いいえ。そこまではおっしゃいませんでした」

「山川さん、その運送屋というのを調べてごらんになるんですね」

「承知しました」

山川警部補は立って、そこらに散らかっている木のわくを調べてみたが、差し出し人の名前もあて名もないところをみると、遠くから鉄道便できたのではなく、どこか都内から発送されたのであろう。

「ときに、宮武さん。ご主人は陶器に趣味をもっていらしたんですね」

「はあ、陶器と女……それが先生のご趣味だったんじゃございませんかしら」

「ところで、これははなはだぶしつけな質問なんですが、ご主人はそうとうの財産家なんでしょうねえ。ぼく、寡聞《かぶん》にして井川謙造という画家をしらなかったんですが……」

「絵はほんとうのお道楽で、売れるようなことはほとんどございませんでした。井川が画家になったのは、モデルとふざけるためだろうなんて、別れたマリ子さんなんかもいってましたけれど……」

「そうそう、そのマリ子さんについて話してください。離婚訴訟中だということだけど、別居生活をはじめてからどのくらい？」

「去年の暮れからのことですから、かれこれ半年になりますわね」

「いっしょになったのはいつごろ……？」

「一昨年の秋ここへ入りこんできたんですの。押しかけ女房同様でした。それまではなんでも銀座裏のキャバレーにいたって話です」

「二度目の奥さんだそうですねえ」

「はあ」

「あなたまえの奥さんもご存じでしたか」

「まえの奥さんのじぶんにこちらへお世話になるようになったんですの」

「まえの奥さんはどうなすったんですか。お亡くなりになったのか、それとも離婚なすったんですか」

「いいえ。お亡くなりになったんですの。一昨々年の秋でした。ご病気は胸のほうで……ですからしじゅうお弱くて、お亡くなりになる二年ほどまえから、はじめは派出婦として使っていただいていたんですけれど、お気に入っていただいて、そのまま住み込み

にしていただいたんですの。治子さんとおっしゃって、とてもいいかたでございました
けれど……」

　宮武たけはしんみりと肩を落として、このときはじめて目に涙をにじませた。

「その奥さんのご生前からマリ子さんというひとは、このうえの部屋へ、ご主人に会いにきていたんだそうですね」

「はあ……」

「この北側のドアや裏口はいつごろできたんですか。あなたがいらしたころ、すでにもうできていたんですか」

「ああ、このドア……」

　と、ちらとそちらのほうへ目を走らせた宮武たけの瞳には、たしかに嫌悪《けんお》の色が走ったようである。

「それは、あの、あたしが、こちらへお世話になるようになってからのことでした」

　そういってから、彼女はあわててそのあとへ付けくわえた。

「絵やなんかの大きなものを運びだすのに不便だからとおっしゃって……」

　だが、これだけのことをいうのに、宮武たけはなぜあのように躊躇《ちゅうちょ》するのであろうか。これは金田一耕助の思い過ごしかもしれなかったが、彼女はたしかに躊躇したようである。

「ところで、こちらのご主人にはお子さんはいらっしゃらないんですか」

「はあ、お子さんでもおありだったら、あんなにもすさんでおしまいにはならなかったんじゃないでしょうか。お亡くなりになった治子さまというかたがお弱かったものですから……」

「すると、井川さんの財産はだれが相続するんですか。離婚訴訟中だとすると、マリ子さんというひとは正式に入籍していたんですね」

「はあ、これにはあたしもおどろきました。いえ、あの……あたしはともかく先生もとてもびっくりなさいまして……」

「先生がびっくりしたというのは……？」

この話は初耳だったとみえて、山川警部補がそばから口をはさんだ。等々力警部もするどく宮武たけの横顔を見つめている。

「はあ、あの……このことはまだ山川さんにも申しあげてなかったんですけれど、マリ子さんはこちらにいるあいだに、かってに先生の印鑑をもちだして入籍したらしいんですの。それを先生ご存じなかったのを、マリ子さんがここを出ていかれてからまもなく、ことしの春になってからでしたが、裁判所から呼びだしがあって出むいていかれ、はじめておしりになったんですの。そのとき、先生、とても憤慨なすって、裁判であくまでたたかうといってらっしゃいましたが……」

金田一耕助と等々力警部、山川警部補の三人は、思わず顔を見あわせた。

宮武たけの話をそのまま信用するのもどうかと思うが、マリ子という女もそうとうのもののようである。

「井川さんには、ほかに身寄りのかたは……？」

「はあ、ご郷里にお兄さんがいらっしゃいます。ご郷里は新潟のほうなんですけれど……あちらのほうの素封家《そほうか》というのでしょうか、そうとう資産家の次男でいらっしゃいますが、戦前先《せん》の奥さまと結婚をなさいましたとき、お父さまが財産をわける意味でこの家を建て、またこの成城にこの屋敷のほかにも地所を買っておいておあげになったのでございますわね。その地所のうち一部分は戦後財産税のために手離されたそうですが、ちかごろの地所の値上がりで、相当の財産にはなっているのでございましょう」

これがさきほどしり切れトンボにおわった、井川謙造の財産に関しての金田一耕助の質問にたいする答えであった。

「それでご郷里のお兄さんには……？」

「はあ、さきほど電報を打っておきました」

「それじゃ、さいごにはなはだ失礼ですが、あなたご自身のことをおきかせ願えませんでしょうか」

「はあ、どうぞ」

「あなた身寄りのかたは……？」

「ことし十九になるせがれがひとりございます。主人は戦争でとられましてし、ほかにちかしい身寄りといってはひとりもございません」

「その息子さんはいまどちらに……」

「日本橋の紅屋さんという呉服屋さんに、住み込み店員としてお世話になっております。お亡くなりになったせんの奥さまがお世話してくだすったのですけれど……」

「ああ、そう、いや、ありがとうございます。警部さん、なにかあなたからおたずねになりたいことは……？」

「ああ、いや、べつに……山川君、君は……？」

「さあ、いまのところは……」

「ああ、そう、それじゃ、宮武さん、いまはこれくらいにしておきましょう。なにかまたお気づきのことがございましたらどうぞ」

「ああ、そうそう」

と、宮武たけは腰をうかしかけたが、急に思いだしたように、

「いま、金田一先生にそうおっしゃられて思いだしたんですけれど。山川さん」

「ああ？」

「いま、このうえのお部屋のベッドの枕もとに、青磁の花びんにバラの花がいけてございましたわね」

「ああ、それがなにか……？」

「はあ、ゆうべからけさにかけて、すっかり気が顚倒してたもんですから、ついうっかりしていたんですけれど、あの花びん、きのうの夕方あの荷物がとどいたとき、このテ

ーブルのうえにあったんですの。花もなにもいけないでただ花びんだけ……」

「宮武君」

と、山川警部補は鋭くあいてを見て、

「それ、まちがいないだろうね」

「はあ、たぶんまちがいないと思います。ここにございました花びんなら、青磁にくちなしの花が浮き彫りになっているんですけれど」

山川警部補はすぐ席を立って中二階のしたから出た。

「おい、そこにだれかいるか」

と、中二階にむかって声をかけると、

「はあ、なにかご用ですか」

と、あの小房から出てきて、手すりのうえへ顔を出したのは志村刑事である。

「ああ、志村君、その部屋にバラをいけた青磁の花びんがあるだろう。それを持ってきてくれたまえ。バラごとソーッと」

「はっ、承知しました」

志村刑事がかかえてきた花びんを見ると、

「ああ、これでございます。ほら、これがくちなしの花だそうで……」

宮武たけは多少様式化された花びんの浮き彫りを指さした。

「宮武君、するとこの花びんはきのうの夕方、ここのテーブルのうえにあったというんだね」

「はあ、たしかに……あたしあやうくひっくりかえしそうになって、先生にしかられたのでよくおぼえております」

「夕方って何時ごろのことだね」

「あたしがお夕飯の支度をしておりますところを、先生がお呼びになったのですから、五時から五時半までのあいだだったんじゃございませんか」

「それからご主人は外出したかね。バラを買うために」

「いいえ、外出なさらなかったと思います。たとえ外出なすったとしても、先生は花など買っていらっしゃるかたじゃございませんわねえ」

「ああ、そう、ありがとう、じゃ、これくらいで……」

「はあ、では……」

宮武たけがうやうやしく一礼して立ちあがったとき、母屋へ通ずるドアのほうから顔を出したのは、警視庁から等々力警部とともに出張してきている新井刑事である。

「ああ、ちょっと宮武君」

と、出ていこうとする宮武たけを呼びとめて、

「ここにいる子、あんたの息子さんだというんだが、まちがいないだろうね」

「えっ？」

と、新井刑事の背後に目をやって、

「あら、まあ、敬一、あんたどうしてここへきたの？」

そばへ駆けよった宮武たけの顔色には、なぜか狼狽《ろうばい》の色がかくしきれなかった。

呉服屋の住み込み店員をしているというその少年は、縞《しま》の着物に角帯《かくおび》をしめ、いまどきちょっと珍しい服装だが、いかにも呉服屋の店員らしく、色白で華奢な体つきであった。

敬一はけさの新聞で事件をしって、あわてて駆けつけてきたらしいのである。

ソバと天丼

「警部さん、金田一先生」

宮武たけ親子が母屋のほうへ引きとったあと、山川警部補はけげんそうな視線をふたりのほうへむけて、

「あなたがたはあのばあさんの話を、ほんとうだと思っていらっしゃるんですか。支那服の女が手脚をくねくねさせて、壺のなかへかくれようとしてたって話……」

「いや、そのことなんだよ、山川君」

等々力警部もこの話にまだハッキリとした確信がもてないらしく、いくらか鼻白んだ気味で金田一耕助のほうをふりかえると、

「じつはそのことについて、金田一先生のご意見もうかがいたいと思ってきていただい

たんだが、先生、いまの話をどうお思いになります？」

「さあ」

と、金田一耕助は五本の指をもじゃもじゃ頭につっこんで、

「話がいささかとっぴのようですが、しかし、まあ、殺人事件というものがすでに常軌を逸しているんですからねえ」

金田一耕助は立って壺のそばへよってみたが、それがいつかの夜、テレビで見た壺中美人の壺とおなじであると、ハッキリいいきれる勇気は金田一耕助にはなかった。その点、等々力警部もおなじらしい。

「金田一先生や警部さんは、この壺をどこかで見たことがおありなんですか」

煮えきらないふたりの態度に業《ごう》を煮やしたのか、山川警部補は突っかからんばかりの口ぶりである。

「いや、そのことなんだが、金田一先生、あれは先月のなんにちの晩でしたかねえ」

「はあ、ここに日記がないので正確にはおぼえていませんが、先月の四、五日ごろのことじゃなかったですか。当時の新聞の綴《と》じ込《こ》みを見ればわかりましょう」

「放送局は……？」

「たしか第七チャンネルだったとおぼえています。あのチャンネルがとくに映像がダブるんです」

「第七チャンネルというとパシフィックですね」

「たぶんそうだったと思いますが、念のためにもういちど、プログラムをたしかめてみてください」

「ああ、そう、じつはねえ、山川君」

「はあ」

「志村君も新井君も聞いていてくれたまえ。われわれは先月の四、五日ごろ、金田一先生のアパートで、ふとしたことから妙なテレビを見たんだ。寄席中継だったらしいんだが、題は『壺中美人』と、いって、支那服の女がくねくねと手脚をおりまげて、窮屈な壺のなかへすっぽり入ってしまうという芸当なんだ」

山川警部補は新井、志村の両刑事とドキッとしたように顔見あわせて、

「そうそう、金田一先生もさっきそんなことをおっしゃってましたが、じゃ、ほんとにそういう芸当があるんですか」

「ああ、あるんだ。これは種も仕掛けもなく、酢《す》やなんかのんで、関節をやわらかくした女や子供が、手や脚をくねくね折りまげて、窮屈な壺のなかへ入るというのがみそなんだが、君はそういう曲芸しらなかったかね」

「しりませんでした。いまきくのがはじめてです」

「そうだろうな。金田一先生もご存じなかったくらいだからな。戦前もずっと昔、ちょくちょくそういう曲芸が見られたもんだが、戦後はほとんどなくなっているようだ。おれもこのあいだ金田一先生のところで、テレビで見たのが戦後はじめてだから、君みた

いなわかいひとがしらないのもむりはないね」

「警部さん、金田一先生」

と、志村刑事も半信半疑の顔色ながら、いくらか呼吸をはずませて、

「そういえば、わたし、なにかでそんな曲芸の話、読んだことがあります。しかし、それじゃこんどの事件の犯人は、その『壺中美人』とやらいう、曲芸をやる芸人だとおっしゃるんですか」

「いや、そうはいわんよ。金田一先生もおっしゃるとおり、話があまりにとっぴだからね。しかし、いちおうたしかめておく必要はあると思うんだ」

「それで、警部さん」

と、山川警部補も半信半疑の顔色で、

「そのとき、テレビでごらんになった壺がこれだとおっしゃるんですか」

「いや、それもハッキリ断定せんよ。しかし、形状といい、模様といい、これにひじょうによく似た壺だったことはたしかなようだ。金田一先生、あなたのご意見は……？」

「ぼくも同感です。この壺だったとは申しませんが、やっぱり模様は牡丹でしたし、それに口のくびれなどやっぱりこんなでしたね。ぼくははじめて見る曲芸だけに、いっそう印象がふかかったんです」

「どうだろう、とにかくいちおう当たってみたら……？　いずれこの壺の出所も調べておかねばならんからね」

「やってみましょう、警部さん」

と、警視庁づきの新井刑事が勢いこんで、

「それ、いつごろのことですか。テレビ放送のあったのは……？」

「先月の四、五日ごろ、時間は夜九時からの番組じゃなかったですか、金田一先生」

「はあ、その時刻でした。局はパシフィックだったとおぼえてますが、念のために新聞のラジオ・テレビ版で調べてください。ああ、そうそう、警部さん」

「はあ」

「ぼくはあのふたりの芸人の名前もおぼえていますよ。舞台の上手《かみて》に張りだしてありましたからね」

「金田一先生、その名前もきかせてください」

「壺のなかへ入る美人が楊華嬢、口上《こうじょう》をのべるのが楊祭典といって、四十……あるいはもっといってるかもしれません。中年の満月みたいな顔をした男で、前歯に金歯を光らせていましたね」

「わかりました。それじゃ先月のテレビ番組を調べたうえで、放送局のほうへ手をまわしてみましょう」

「新井さん、なんでしたらぼくもお手伝いしますよ」

志村刑事もこの一件にしだいに意欲がわいてきたらしい。

「ああ、ありがとう。しかし、これはすぐわかるだろう。いずれは寄席芸人のグループかテレビタレントのクラブかなんかに属してるんだろうからね。だけど、手が足りなくなったら応援頼むよ」

　新井刑事が忙しそうに出ていったあとから、志村刑事も身支度をして、

「主任さん、ぼくもちょっと出てきます」

「君はどこへ……？」

「この成城にも花屋が二軒あります。きのうかおとといその一軒の花屋のショウウインドーで、これとおなじようなバラの花がかごに盛りあがっていたのをいま思いだしたんです。ひょっとすると、こっちへきてから買ったのかもしれないと思うんですが……」

「ああ、そう、それじゃ、志村さん」

　と、金田一耕助も気がるに立ちあがって、

「ぼくも途中までいきましょう。第二の現場を見せていただきたいですから。警部さん、あなたは……？」

「ああ、そう、山川君」

「はあ」

「マリ子という女は何時ごろここへくる予定だね」

　山川警部補が腕時計に目を走らせると、時刻はもうかれこれ十二時である。

「もうそろそろ三浦君がつれてくる時刻だが……女のことだからなにやかやと手間取っているんじゃないですか」

マリ子はこの家を出てから、西荻窪《にしおぎくぼ》にある蘆荻荘《ろてきそう》というアパートにいて、いまのところ仕事らしい仕事もせず、井川との離婚訴訟が成立して、たんまりと慰藉料が入るのを待っているふうだと、さっき宮武たけが話していた。

「マリ子という女はゆうべアパートにいたんですね」

金田一耕助がたずねると、

「うちの三浦君の電話によるとそうでした。友達が三、四人きて麻雀《マージャン》をやっていたというんですがね。いまその三浦君がつれてくることになってるんですが……」

「ああ、そう、それじゃその女がきたら待たせておいてくれたまえ。金田一先生はさっき朝飯をおすましになったばかりだが、わたしゃ朝がはやかったので腹がへった。どっかでかきこんでくる。じゃ、先生、お供しましょう」

金田一耕助と等々力警部が南側のベランダから、芝生をつっきって庭を横切っていくと、茶の間の障子のなかで宮武たけと敬一とが、むかいあって食事をしている姿が見えた。金田一耕助はちらとそのほうへ目をやったきり、警部につづいてしおり戸を出ると、

「警部さん、あの敬一という少年、なかなかかわいいじゃありませんか」

「え？」

と、等々力警部は金田一耕助の顔を見なおして、

「それ、どういう意味ですかな」

「なあに、なかなか美少年だということですよ。ああ、志村さん、ごいっしょしましょ

う」

門のところで志村刑事が自転車をおして待っていた。等々力警部は金田一耕助のうしろ姿を見ながら、いまあいてのいったことばを頭のなかで繰りかえしていたが、やがていまいましそうに肩をゆすると、無言のまま肩をならべて歩きだした。

金田一耕助にはときどきこういう謎めいたことばを吐くくせがあるが、さて、その謎の意味を追究したところで、時がくるまですなおにどろを吐く男ではない。等々力警部はいままでにも、いやというほどこの謎めいたことばに悩まされてきているので、この場合もそれについて考えることをすぐあきらめてしまった。

気がつくと自転車を押しながら、志村刑事がしきりにしゃべっている。いくらか悲憤《ひふん》慷慨《こうがい》の態《てい》である。

「時間からいって井川謙造の事件の直後ですし、それに傷口からいってもおなじ凶器が使われたんじゃないかといわれてるんですから、井川家をとびだした犯人が、逃走の途中、パトロール中の川崎巡査から、職務尋問をうけ、せっぱつまったあげくやったんじゃないかということになってるんです。しかし、それにしてもねえ、金田一先生」

「はあ」

「こういうお屋敷に住んでる連中ときたら……」

と、さすがに志村刑事もいくらか声を落として、

「じつに冷淡なもんですな。そうとう多くのものが目をさまし、川崎巡査の叫び声をき

いてるらしいんです。川崎巡査はそうとう長く、なにか叫びながら犯人のあとを追っかけたらしいんですね。その声をきいたというひともありますし、そういえば犬がさかんにほえたようだなんていってるやつもあります。それでいて、だれも起きて出て、川崎巡査に協力しようとしたやつはひとりもいなかったんですよ」

「ちかごろはだいぶんよくなったと思うんだが、さわらぬ神にたたりなしというのが日本人の悪い習慣でね。ことにこういう高級住宅地に住んでいるご連中ほどその傾向が強いんじゃないかな」

さすがに志村刑事より年齢もくい、経験も豊富な等々力警部は、過去にしばしばにがい思いをしているのか、なかばあきらめがおである。

「とにかく、だれかひとりでも起きだしていてくれたら、警官ひとり刺されずにすんだかもしれないんですからね」

「そのかわり、一般市民のひとりが刺されてたかもしれない。もしそうだったらわれわれにたいする風当たりももっときついぜ」

治安にあたる警察当局としては、仲間の殉職という事件は、いつも深刻にしてかつ真剣な問題だった。かれらはあらためてじぶんたちが、つねに生命の危険にさらされているのだという自覚を、切実に呼びもどされるのである。それは金田一耕助としても同様だった。

「それで川崎巡査は刺されてから、そうとう長く路上に放置されていたんですか」

「いや、それはそうじゃなく、川崎巡査の刺されたときの叫びをきいて、ご近所のひと……厚生省へ勤務している村松さんというひとが、家人とともに起きだしてきて、川崎巡査の刺されているのをみて、一一〇番へ電話をしてくれたんです。村松さんの奥さんの話によると、叫び声をきいてからまもなく、自動車の立ちさる音をきいたそうですよ」

「そうすると、犯人は自動車を待たせておいたんですか」

と、金田一耕助もあきれたような顔色だった。

「どうもそうらしいんです。げんに現場のちかくに無燈のまま駐車しているくるまを見たものがあるんです。ところが、ちかごろじゃガレージも持たぬ自動車のもちぬしが、夜間、路面駐車ですましているのがふつうのことになっていますから、だれも車体の種類やナンバーにまで、注意をはらったやつはなかったんですね」

志村刑事はくやしそうにいってから、

「ああ、あそこですよ」

現場にはまだ警官がひとり張り番をしていて、一同の姿を見ると敬礼した。さすがにきょうの明け方ほどやじ馬は多くなかったが、それでも通りがかりの連中がみんな足をとめた。

雨はけさの明け方にあがったのだが、それでもまだぬれているアスファルトの舗道をみると、熟れて落ちたサクランボの実が、赤黒く、点々としてつぶれているなかに、どっぷりと血が流れているのが無気味であった。

やじ馬のなかには物好きにも、その血にむかってカメラのレンズをむけているのもあった。

「この近所のひとの話を総合すると、川崎巡査はむこうの角で犯人にぶつかったらしいんですね。そこで声をかけると犯人が逃げだした。それを川崎巡査が追っかけて、この一画をひとまわりしたところで、とうとう犯人をとっつかまえた。そこで窮鼠猫《きゅうそねこ》をかむのたとえで、犯人が川崎巡査をえぐったんですが、いや、もうじつに凶悪なやつですよ」

「川崎巡査がむこうの角で犯人にぶつかったとすると、犯人は井川家をとびだしてから、まっすぐにそこまできたわけですね」

「そうです、そうです、第一の現場から三百メートルほど離れた、むこうの曲がり角に自動車が待っていたわけです」

「ところで、川崎巡査は追っかけながら、なにか叫んでいたということですが、なにを叫んでいたのか、ハッキリきいたひとはなかったんですか」

「そうそう、それなんです。川崎巡査はお嬢さんとか、奥さんとか叫んでたそうです。だから犯人が女であることはたしかですよ」

無燈の自動車が駐車していたのは、第二の現場から十メートルほど離れた横町で、そうとう大きなお屋敷の裏側にあたっていた。

「だから、このお宅の自動車だろうくらいに思って、だれも気にとめなかったんですな」

「いったい、その自動車は何時ごろからここに駐車していたんですか」

「それについちゃ、いま係のものが情報を収集しているところなんですが、そうとう長くここにとまっていたらしいんですがね」

それからまもなく志村刑事と別れた等々力警部と金田一耕助は、駅前のソバ屋へ入って、等々力警部はざるソバのあとで天丼をたいらげ、金田一耕助はむりやりにすすめられたざるソバをはんぶんのこして、おたがいにあいての食欲をからかいあった。

美女とブルドッグ

井川謙造の妻のマリ子が三浦刑事につれられて、第一の現場へやってきたのは午後一時ごろのことだった。

マリ子はひとりではなくて、ウェルター級のボクサーみたいに、たくましい体をした男が、騎士《ナイト》然として付きそっていた。左耳が半分ちぎれ、鼻のへしゃげたその男ははじめからすごんでいて、警官たちがマリ子に指一本でもさそうものなら、ただではおかぬという面構《つらがま》えが、ブルドッグのように、獰猛《どうもう》ではあったが、それと同時にいささか稚気をおびてこっけいでもあった。

アトリエのなかの飾り棚のまえに立って、井川謙造のめずらしい陶器の蒐集品を鑑賞していた金田一耕助は、母屋に通ずるドアのほうから入ってくる、マリ子の姿をひとめ見たとたん、なぜかしら戦慄《せんりつ》のようなものが、全身をつらぬいて走るのを禁ずることができなかった。

それはおそらく宮武たけの話から想像していた人柄と、あまりにもかけはなれていたからであろう。

宮武たけの話によると、その女はかつてキャバレーで働いていた女である。しかも、妻ある男のもとへ、その病妻が病いの床《とこ》に呻吟《しんぎん》しているおなじ家の、たとえ別棟になっているとはいえこのアトリエへこっそり忍んできて、男が夢殿と称していたあのいまわしい小房であいびきをかさねていた女なのだ。

さらにその病妻が死亡すると、押しかけ女房同様に入りこんできたばかりか、男のしらぬまに印鑑をもちだして、婚姻届けを出してしまったような女なのである。しかも、なにか気に入らぬことがあるとここをとびだし、離婚訴訟を起こすと同時に、男にかなりの慰藉料をふっかけているような女でもある。

当然、金田一耕助の想像していたのは海千山千のしたたかもの、一見してあばずれ女とわかるような人柄だったが、予想に反していま目のまえにあらわれたのは、いかにもなよなよとして、なにかにすがりついていなければ生きていけない蔓草《つるくさ》のような感じの女だった。

すらりとした姿がいいといえばいいのだが、胸も腰もほっそりとして、なにかしらすきとおるような感じのする女である。美人といえばたしかに美人だが、あまり精巧にできた工芸品みたいで、かえって女としての魅力にとぼしいのではないか。

「井川さんの奥さんですか」

と、出むかえた山川警部補はいささか当てがはずれたらしく、ついことばつきもていねいになる。

「はあ……」

うわめづかいに警部補を見たマリ子は、すぐにその目をふっさりと伏せた。目を伏せるとまつげがびっくりするほど長いのである。

「マリ子さんですね」

山川警部補がかさねて念を押すと、

「はあ……」

と、マリ子は長いまつげをあげると、放心したような目で、山川警部補の顔を凝視する。ゆうべ麻雀の客があったというが、夜更かしのせいか白目がにごって血の筋が走っている。

「だいたいのことは使いのものにおききになったでしょうが、さぞびっくりなすったでしょうね」

「はあ……それはもちろん……」

と、低いきれぎれな声でいって、マリ子は右手をこめかみへもっていった。頭が痛むようである。

「ご主人にお会いになりますか」

「はあ……あの……ひとめだけなりと……」

「よしなよ、マリ子」

と、とつぜんそばからブルドッグがほえた。

「そんなもの見たって仕方がないぜ。それにおまえゆうべあんなに吐いたり、もどしたり、ろくすっぽねちゃいないんだ。また気分が悪くなるといけねえからよしな」

「奥さん、こちらどなた？」

山川警部補がまゆをひそめると、マリ子は白ろうのような色をしたほおに血を走らせて、

「梶原譲次《かじわらじょうじ》さん……あたしのお友達ですの」

と、消えもいりそうな声で答えると、言下にブルドッグの譲次がほえた。

「友達じゃねえぜ、マリ子、ゆうべ夫婦になったばかりじゃねえか」

「譲次……そんなこと、いまここで……」

「いいじゃないか。なにもはにかむこたあないや。旦那《だんな》、マリ子はおれの女房なんだから、あんまりいじめないでくださいよ」

「君はゆうべこのひとといっしょだったのか」

「ええ、これンちへ泊まったんです。夫婦になったなあよいが、夜中にゲーゲー吐いたり、もどしたり、さんざん介抱させられたあげく、明け方ごろやっととろとろしたかと思うと、その旦那にたたき起こされて、話をききゃこれのせんの旦那が殺されたてんで

すから、こいつはとんだオドロキでさあ。マリ子はなんにもしらねえんだから、あんまりいじめないでくださいよ」

「奥さん」

と、山川警部補はブルドッグのような男から、マリ子のほうへ視線をむけた。マリ子はこめかみをもみながら、穴があったら入りたいようなふぜいである。

「亡くなられたご主人にお会いになりますか。それともおいやですか」

マリ子は急にシャンと姿勢をただして、

「はい、やっぱりひとめ……」

「マリ子！」

と、耳のつぶれたブルドッグはひと声わめいたが、すぐ気をかえたように、

「いいよ、いいよ、それじゃおれもいっしょにいってやる」

「譲次、いいのよ、あたしひとりで……」

「いやだよ、おまえをひとりやるなあ。……おまえをさんざんいじめたサディスト野郎の死に顔をみてやるんだ」

金田一耕助と等々力警部は思わずはっとしたように顔見あわせた。

「旦那、いいでしょう。おれもいっしょについてっても」

「いいよ、来たかったら来たまえ。だけど、いっとくが死体に変なまねをするんじゃないぞ」

「まさか……死屍《しし》に鞭《むち》うつようなまねはしませんや。さあ、マリ子、いこう」

　山川警部補のあとについて、譲次の腕に抱かれるように、中二階のせまい階段をのぼっていくマリ子のうしろ姿が、あの夢殿のドアのなかへ消えていくのを見送って、等々力警部は三浦刑事のほうをふりかえった。

「あの男、ほんとにマリ子のところへ泊まっていたのか」

「はあ、寝込みをおそったようなもんでした。わたしがいったときにはふたりともまだねていたんです。それを管理人にたのんでむりやりにたたき起こしてもらったら、男のほうが出てきたんです。裸でねていたのをズボンだけつっかけたといった格好で、酒のにおいをプンプンさせていましたよ。管理人が男の姿をみてびっくりして、あんたゆうべここへ泊まったのかってたずねると、ゆうべマリ子と夫婦の契りをむすんだんだ、えっへっへなんて、やっこさんだいぶんごきげんでしたね。あれ、ボクサーあがりで、もとマリ子が勤めていた西銀座のキャバレー『赤い鳥』という店で用心棒をやっている男だそうです」

「どんなアパートかね。蘆荻荘《ろてきそう》とかいったね」

「いや、それがちゃちなアパートでしてね。木造の安普請《やすぶしん》で、マリ子の部屋へ入ってみても、そうとう暮らしが苦しかったんじゃないかって、思われるようでしたよ」

　そういえばいまのマリ子の服装にしても、しごくお寒いものだった。

「ところで、マリ子のようすはどうだった？　井川が殺されたときいたときの……？」

「はあ、それがこうなんです。わたしがなかへ入って男に事情を話すと、やっこさんだいぶんびっくりしてましたが、井川さんが殺されたのはゆうべの何時ごろだってきくもんですから、だいたい一時ごろの見当だって正直にいってやったら、それでやっと安心したようでしたね。それからふすまをひらいて……そうそう、それ畳敷きの部屋なんです。畳もふすまもそうとうボロボロになってましたね。男がふすまをひらいたときに見ると、まだ寝床がしいてあって、マリ子がねていたようでした。そうそう、ふすまをひらいたとたん、ツーンとものすえたようなにおいが鼻をつきましたが、あとでわかったところによると、マリ子がゆうべ洗面器へもどしたのが、まだそのままになってたんですね。男はふすまをしめるといきなり大声で、マリ子、起きろ、ゆうべ井川さんが殺されたそうだとかなんとか大声でわめくと、女がひくい声でその話ならいまふすまごしにきいたって、シクシク泣いてたようでしたね」

等々力警部のすすめるピースの箱から、三浦刑事はうやうやしく一本抜きとると、恐縮そうに警部のライターに火を借りて、

「それから、マリ子が出てくるまでそうとう待たされたんです。そのあいだ表の部屋を見まわしたんですが、六畳の部屋にちゃぶ台がひとつすえてあり、麻雀のパイが散らかってます。灰皿には吸いがらがいっぱいで、ウイスキーとブランデーの空びんがころがっており、お盆のうえにはコップが四つ、部屋のなかにゃ酒のにおいがまだしみついてましたよ」

「麻雀仲間の名前はわかってるだろうね」

「はあ、わかってます。あとで申しあげましょう。マリ子と譲次はだいぶん待たせて奥の部屋から出てきたんですが、マリ子は二日酔いであおい顔をしていました。それになんだか涙ぐんでるようでしたね。もっともこれは譲次のせいかもしれません」

「譲次のせいというと……？」

「いえね、譲次が亭主づらをして、なにかと指図がましいことをいうと、そのたんびに悲しそうな顔をするんですね。だから、ゆうべ夫婦になったって、譲次は得意そうでしたが、マリ子と合意のうえじゃなく、マリ子のやつ酒に酔いつぶれて、気がついたら譲次に犯されてたって、そんな感じでしたね」

「君、なかなか観察がこまかいじゃないか」

「いやあ、警部さん、からかっちゃいけませんや」

「いや、君、三浦君、からかってるんじゃない。ほめてるんだ。わかいのになかなか注意がいきとどくと思ってな。ふむ、ふむ、それからどうした」

「はっ！」

と、まだわかい三浦刑事は固くなって、

「それからぼくが事情を話して同行を求めると、女はすなおに同意したんですが、男がいっしょにいくってきかないんですね。ぼくもべつにかまわないだろうと思って承諾すると、こんどは腹がへったから飯を食わせろといいだすしまつ。すっかり亭主気取りなんですね。女はもうあきらめたような顔色で、このひとがこういいますから、廊下へ出て待っていてほしいというんです。そのとき、廊下へ出るまえに、ゆうべ客があったのかってたずねたら、ふたりあったというんです。男と女で、男はなんでも弁護士だそうです」

弁護士ときいて等々力警部は、はっとしたように金田一耕助と顔見あわせた。

「名前は……？」

「鈴木隆介といって自宅は三鷹《みたか》の都営アパート、築地《つきじ》にある北川法律事務所に勤めている男だそうです」

「弁護士がなんの用事できていたのかいわなかったかね」

「いいえ、べつに……あの女、なにか弁護士に用のある女なんですか」

三浦刑事はマリ子が井川謙造と、離婚訴訟中だったということはまだしらないのである。

「いや、いいんだ、いいんだ。それで女は……？」

「女は『赤い鳥』で働いてる女で、秋山美代子というんです。ふたりは八時ごろきて、十一時ごろかえっていったというんです。そこまできいて部屋を出たんですが、そのとき管理人の部屋からこちらへ電話をかけたついでに、管理人にゆうべのことをきいたら、梶原譲次もふたりといっしょに八時ごろにやってきた。したがってかえるときも三人いっしょだとばかり思っていたのに、梶原がのこっていたのでびっくりしたといってました」

「それでマリ子の素行はどうなのかね。いまの男のほかに……？」

と、等々力警部がききかけたとき、中二階の夢殿からマリ子をせんとうに、梶原譲次と山川警部補が出てきたので、

「三浦君、その話はあとできこう」

と、警部と三浦刑事の会話はそこでいったん、しり切れトンボのやむなきにいたった。

傷だらけの女

マリ子はべつに泣いているようには見えなかった。しかし、顔色はさっきよりももっと悪く、そうでなくとも精巧で、精巧なだけに傷つきやすい工芸品のような美しさをもつ彼女の顔は、内心の苦痛をこらえるためか、恐ろしくねじれゆがみ、瞳がすわってとがりきっているところは、それが美しい女だけに一種のすごみをもっていた。

「すみません。気をうしなったりして……」

譲次に抱かれるようにして、せまい階段をおりてきたマリ子は、ぐったりと、山川警部補のすすめるいすに腰をおろすと、ハンケチを鼻におしあてておはじめてかるく嗚咽《おえつ》した。

「だからいわないこっちゃない。あんなもの見るもんじゃないっていったんだ。おまえ

が会ってみたところで、生きかえるわけじゃなしさ」

譲次はマリ子のうしろに立って、もし彼女に危害を加えようとするものがあったら、身を挺《てい》してでも守り抜こうという意気込みである。

「山川君。奥さんは気をうしなったのかね」

「はあ、ちょっとかるい脳貧血を起こしたんで……」

「ご心配をおかけして申し訳ございません。もう、もう大丈夫でございますから……」

マリ子はハンケチを顔からはなすと、いすから腰をうかしかけたが、またもめまいでも感じたのか、よろよろといすのなかに倒れかかった。

「それ、みろ、なにが大丈夫なものか。おまえはいま疲れてるんだ。早くかえって横になったほうがいいぜ」

「あなたがゆうべあんまり酒を飲ませるからよ」

マリ子はしたたから譲次の顔を仰ぎながら、からかうように目もとでわらったが、すぐ一同の視線に気がつくと、ボーッとまぶたのふちに朱を走らせて、

「譲次、ほんとに大丈夫なのよ。ここにいらっしゃるみなさん、あたしにおたずねになりたいことがおありなの。だからあなたひと足さきにかえってて……」

まるで子供をあやすような調子だが、言下に、

「いやだ！」

と、ブルドッグはうなった。

「まあ、そんなだだっ子みたいなことといわないで……」

「だだっ子じゃないぜ。おれはおまえの亭主じゃないか。おまわりが大勢よってたかって女房をいじめようというのに、亭主がだまってかえられるかってんだ」

「あら、そんなこと……このひとたちあたしをいじめたりなんかなさらないわ。だって、こんどの事件に関するかぎり、あたしはなんにもしらないんですもの」

「そりゃ、そうさ。ゆうべの一時ごろといえば、おまえはおれの腕に抱かれて夢中になってたじぶんだからな。あっはっは」

「あら、またそんなこと……」

マリ子は耳の付け根までまっかに染めて、穴があったら入りたそうなふぜいである。見るに見かねて等々力警部がそばから空せきをしながら口を出した。

「奥さん、なんなら譲次君にいてもらってもけっこうですよ。あなたのほうさえさしつかえなかったら……」

「はあ、あたしのほうにはさしつかえございません。このひと、井川のことならなにもかも承知しておりますから……あたしがなぜ井川のところから逃げだしたかってことも……」

「そうさ、マリ子はあのサディストの虐待にたえかねて逃げだしたんだ。マリ子、見てもらえよ、みんなにあの鞭《むち》のあとを……」

「あら、譲次、そんなこと……」

と、マリ子があわてて譲次のことばをさえぎったが、等々力警部はすばやく金田一耕助に目くばせをすると、

「奥さん、譲次君はさっきもそんなことをいってたようだが、亡くなられたご主人はサディストだったんですか」

「はあ、あの……」

マリ子はいかにも心苦しそうに、ハンケチを八つ裂きにせんばかりにもみながら、

「亡くなったひとのことをとやかく申しあげるのもなんですけれど、譲次が口走ってしまったものですから……あたし、たいていのことは辛抱するつもりだったんですけれど、あのひとがあまり気ちがいじみておりますし、それにいいなりになっておりますと、いよいよそれが昂《こう》じてくる気配だったものですから、怖くなって、とうとう逃げだしてしまったんですの」

「マリ子、いいからみんなに疵跡《きずあと》を見てもらえよ。おれみたいな男でも、ゆうべあれを見たときにゃどぎもを抜かれたんだからな」

「奥さん、失礼ですが、もしよかったら見せてくれませんか。被害者の性格をしっておくということも、事件を捜査するうえに重要なことですから、……いや、なに、おいやならいいんですよ」

マリ子はあおざめた顔をこわばらせて、しばらく一同を見まわしていた。遠くのほうを見るような目が、すっかり輝きをうしなっていて、血の気のひいたほおが白ろうのよ

うに白いにごりを見せていた。

やがてマリ子が立ちあがって、ハンドバッグを譲次にわたすのを見て、

「ああ、三浦君、だれもこのアトリエへ入ってこないように」

等々力警部は立ってベランダへ通ずるドアをしめ、注意ぶかくカーテンをひいた。山川警部補と三浦刑事はそれぞれ母屋へ通ずるドアと北側のドアをしめた。金田一耕助はただぼんやりと籐《とう》いすのなかへ小さな体を埋めている。これでこのアトリエのなかにはいまこの四人と、マリ子と譲次だけになったわけである。

「さあ、奥さん」

等々力警部が催促をするようにあごをしゃくると、一瞬マリ子のほおに血がのぼった。だが、つぎの瞬間、退潮《ひきしお》のようにあかみが消えると、マリ子は悪びれずスーツの上衣をぬいだ。譲次がそばから亭主らしく手伝おうとするのを、マリ子は邪慳《じゃけん》にふりはらうと、ブラウスをぬぎ、シュミーズから両腕をぬいてもろはだぬぎとなり、それからくるりと一同のほうへ背中をむけたが、そのとたん、金田一耕助と等々力警部、山川警部補と、三浦刑事の四人は、おもわず音を立てて呼吸をうちへ吸いこんだ。

世にも無残な冒瀆《ぼうとく》のあとがそこにあった。

色つやはよくないがマリ子はきめのこまかな肌《はだ》をしている。それだけにそこにきざまれた鞭《むち》の跡は目をおおうばかりであった。無数の蛇《へび》がまきついたように、黒いあざとなって背中いちめんにからみついているその鞭の跡のなかには、みみずばれから化膿《かのう》した

のもあるらしく、それがうつくしい肌に荒々しいつめあとをえぐりこんでいる。

「このへんはまだいいほうだ。おしりのほうときたら見ちゃいられませんぜ」

「譲次！」

たまりかねたように、マリ子が金切り声でたしなめた。怒りに声がふるえているが、目に涙をいっぱいためていた。

「ごめん、ごめん」

と、譲次は首をすくめて、

「だって、おめえがあんまりかわいそうだからよ」

「ああ、いや、奥さん」

と、等々力警部はギコチなく空せきをすると、

「もう肌を入れてください。いやな思いをさせてお気の毒でした」

「いいえ」

と、マリ子が力なく衣類をつけて涙をぬぐい、もとのいすに座りなおすのを待って、等々力警部はいたわるようにたずねた。

「あんたは一年間それを辛抱していたわけですか」

「いいえ、一年ではございません。約三月でした」

「ああ、なるほど、はじめのうちは井川氏も猫《ねこ》をかぶっていたんだね」

「はあ」

「いつごろからそういうサディスト的嗜好を示しはじめたんですか」

「去年の秋、九月なかばごろからでした。はじめはほんのいたずらだろうと思って応じていたんですけれど、それがだんだん昂《こう》じてきて、焼きゴテを当てさせてくれの、ナイフでちょっと斬らせてくれのといいだしたので、とうとうたまらなくなって、十二月も押しせまってから、ここを逃げだしてしまったんですの」

マリ子の目はかわいていたけれど、その瞳《ひとみ》はかがやきをうしなっていて、抑揚のない話しぶりは、傷つけられた魂の深刻さを思わせて、その声のひびきのなかにはきくひとをしてゾーッとそうけだたせるようなものをもっていた。

「焼きゴテを当てようとしたのですか」

と、等々力警部は呼吸《いき》をのむ。

「はあ……あれは去年の十二月二十四日、クリスマス・イブの晩のことでした」

と、マリ子はあいかわらず抑揚のない声で、

「その晩、あたしはここを逃げだしたのですからよくおぼえております。あたしたちふたりはこのアトリエでクリスマス・イブのお祝いをしたのです。井川はガンガン、ストーブに石炭をくべました。井川はもうとっくの昔に絵をかくことをやめていたので、必要とあればいつでもここでストーブをもやしたのです。でも、その晩、井川があんなにストーブに石炭をくべるのには、ひとつの下心があってのことだとは、あたし夢にもしりませんでした。十時ごろには井川もあたしもすっかり酔っぱらっておりました。井川

はあたしをつれて、あの……」

　と、マリ子はちらと眼をあげて、中二階の小房のほうに眼をやると、さすがに双のまぶたを朱に染めて、

「井川は気取ってあそこを夢殿と呼んでいたんですけれど、それへあたしをつれていくと、着ているものをすっかりはぎとり、ベッドのうえに寝かせました。あたしはそのとき鞭でぶたれることを覚悟していたのです。あたし……あたし……」

　彼女はちょっと譲次のほうへ気をかねるふうだったが、すぐシャンと首をまっすぐに起こして、

「あたし、けっして変態ではございません。少なくとも井川といっしょになるまではふつうの女だったんです。ところが、ああいうひとといっしょになって、ああいう生活……性生活を繰りかえしていると、いくらか変態になるらしいんです。鞭でぶたれるだけならばそれほどいやではなくなっていたのです。いえ、いえ、譲次！」

　譲次が激したようすでなにか発言しようとするのを、マリ子はいそいでさえぎると、

「あたしほんとうに変態になってたわけじゃないのよ。もちろん、いやなことはいやだったのよ。でも女ひとりがこの世に生きていくってことは苦しいことだし、それにあなたもしってるでしょう、あたしがキャバレーなんかにむかない女だってことを……だから、ぶたれても、けられても井川にすがりついているよりほかはなかったの。井川は井川でそういう残虐をつくしたあとでなければ、ほんとうの満足はえられなかったらしい

の」

そこではじめてマリ子は泣いた。長いまつげをつたってふた筋の涙がほおをつたった。しずかに、嗚咽《おえつ》することもなく、ただ涙だけがあふれるので、まるで生命のない白ろう細工の人形のほおを、涙がつたっているようであった。

さすがに譲次もことばはなく、ただうしろからむやみに強く、マリ子の肩を抱くだけである。

「ありがとう、譲次、あなたにそうしていてもらうと、どんなに心強いかしれないのよ」

「ふむ、いいさ、おれいつまででもこうしててやる。だからなんでも話しねえ。それで……それでどうしたのさ、クリスマス・イブの晩……?」

「失礼しました」

と、マリ子は等々力警部や山川警部補にむかって会釈をすると、

「それではさっきの話のつづきをいたしましょうか」

「どうぞ」

と、等々力警部は姿勢をただして、またのどのおくでギコチなく空せきをする。

「生まれたままの姿でベッドのうえに横たえられていたあたしが、鞭でぶたれることを覚悟していた……ってとこまで申しあげましたわね。そのとき、あたしはうつぶせになってねていたのです。そして、ピシリと鞭が鳴って骨も皮もくだけるような苦痛が、あたしの肉体をおそうのを待って……いいえ、覚悟していたのです。しかし、いつまでたっ

てもなんの反応もありません。それでいて井川のはげしい息使いが、頭のうえからきこえるのです。不思議に思って頭をねじむけて井川の顔を見ましたが、そのとたんはっと胸にはげしい動悸《どうき》をおぼえたのです。酔っぱらった井川の両眼が鬼火のようにかがやき、くちびるがねじまがって、舌がはんぶん硬直したままはみだしています。それは井川がなにか新しい、残酷なアソビを思いついたときの表情なのです。むろん、井川はあたしと同様、一糸まとわぬ全裸でした」

鯨《くじら》が潮を吹くように譲次がすさまじい音を立てて鼻息をもらしたので、一同がおもわずそのほうをふりかえると、譲次の顔は朱をながしたように充血していた。眼がギタギタと妖《あや》しい興奮にぬれているのを、譲次は一同からかくそうともせず、

「それからどうしたんだ、マリ子、井川のやつはいったいどんなアソビを考えついたんだ」

と、もみつぶさんばかりにマリ子の肩をゆすぶりながら、かみつきそうなけんまくである。

「駄目よ、譲次、そんなに強くゆすぶっちゃ……みなさんにお話もできないじゃないの。変なひとねえ」

「変でもいいさ、井川は……井川のやつはおまえにいったいどんなことをやらかしたのさ」

「結局、なんにもできなかったのよ。だからおとなしくあたしの話をきいてちょうだい」

「ほんとうか、ほんとうか、ほんとになにもやらなかったのか」

「だから、それをこれから話すところじゃない？　さあ、もうだだっ子みたいに肩をゆするのよして。……あたしの首が折れそうよ」

　マリ子は譲次の手を肩からはずすと、そのままかるく握ってやり、いくらか顔をあからめて、等々力警部のほうをむきなおった。

「たいへん露骨な話になってしまったんですけれど、よろしいでしょうか」

「ああ、いや」

と、等々力警部はまたギコチなく空せきをすると、金田一耕助のほうへちらと視線を走らせた。

　金田一耕助はあいかわらず、マリ子の横顔をぼんやり見ているだけで、その表情からかれがいまなにを考えているのか、捕捉《ほそく》することもできなかった。

「ああ、いや、奥さん、あんたさえよかったらきかせてもらいましょうか。譲次君もききたがっているようだからね」

「はあ……」

　マリ子はまたちょっとほおをあからめると、

「そのときあたしは井川にむかって叫んだのをおぼえています。あなたいったいなにを考えていらっしゃるの。これ以上のことはむりよ。鞭があたしの耐えうる限界なのよ。それ以上の残酷なアソビは堪忍して……と。おそらくそのときのあたしの声は、悲鳴にちかいものだったでしょう。ところが、あたしのその悲鳴がかえって井川の激情の火に、油をそそいだような結果になったようでした。井川は裸のままで気ちがいみたいに部屋をとびだしていくと、このアトリエへ駆けおりてきたのです。そして、こんどあの部屋へあがってきたときには、右手にまっかにやけた火かき棒、左手にパレットナイフを握っていました。しかも、鬼火のように目をかがやかせ、満面に朱をそそいだそのときの井川の顔の恐ろしさ……それこそ地獄の鬼のようでした。ああ、譲次、じっとしてて！　けっきょく、あのひとはなにもできなかったのだから……」

譲次がまた肩をつかみそうにしたので、マリ子はあわてて体をくねらせ、グローブのような男の手を、しっかりしたから握りしめた。

いまや譲次の目そのものが鬼火のようにかがやき、満面に朱をそそいだその顔は、それ自体が地獄の鬼のようであった。譲次はいま血管が煮えたぎり、体がもえるように熱くなり、口も満足にきけないようである。

金田一耕助はおもわず等々力警部と顔見あわせた。

「譲次、あなたはほんとうにいいひとだから、もうしばらくおとなしくしていてね。お話はもうすぐおしまいなんだから……」

マリ子はかるく男をあやしておいて、等々力警部や山川警部補のほうへむきなおると、

「そして、井川はいうのです。この焼きゴテをおまえの肌に当てさせるか、このパレットナイフでおまえの肉を斬らせてくれ、おれは肉の焦げるにおいをかぎたいのだ。おま

えが血だらけになってのたうちまわるところをみたいのだ……と」

マリ子はそこでひと呼吸すると、譲次の手をつよく握りしめたまま、また抑揚のない調子になって語りはじめる。

「それは冗談だったかもわかりません。あのひとはあたしが恐れおののくところをみるだけでも、肉体的に快感をおぼえるようでしたから……しかし、冗談だとばかりはいいきれません。さいしょ鞭をもちだしたときも、あたしは冗談だと思っていたのですから……あたしは恐怖のどん底につきおとされました。白くあかくもえている焼きゴテと、にぶく光っているパレットナイフを見ただけでも、あたしは気が狂いそうでした。あたしはもうこれ以上はがまんがならないと思いました。ここをとびだしてはいくところのないあたしでした。まえにいったようにキャバレーはあたしの職場としての適当な場所ではありません。あたしは客に媚《こ》びを売るのがへたですし、朋輩《ほうばい》とのおつきあいもうまくいきませんでした。あたしはいつもお高くとまっていると悪口をいわれてきたのです。しかし……しかし……」

と、マリ子はいくらかことばをつよめて、

「この地獄よりは……焼きゴテとパレットナイフで責めさいなまれ、いつあやまって殺されるかもしれない地獄にくらべると、まだしも以前住んでいた世界のほうがましだと思ったのです。あたしは……あたしは……焼きゴテとパレットナイフをもった鬼のような男と必死になってたたかいました。さいわい、あたしは井川ほど酔ってはいなかったので、その窮地から脱することができたのです。警部さんは井川の死体をお調べになったのでございましょうねえ」

「ああ、調べましたよ」

等々力警部はあいてがなにをいおうとしているのかしっていて、山川警部補と顔見あわせてうなずきあった。

「それじゃ、井川の右か左か忘れましたが、太もものあたりにやけどの跡があるはずなんですけれど」

「ああ、ありましたよ。どうしてあんなところにやけどの跡があるのかと、不思議に思っていたんだが、それじゃそのときあやまって、じぶんでじぶんの焼きゴテでやけどをしたんですね」

「そうなのです。それであたしは助かったのです。井川がやけどで七転八倒《しちてんばっとう》しているあいだに、あたしは乱れ箱にあった衣類一切をひっさらって、あの夢殿をとびだしました。そしてこのアトリエへ駆けおりてくると、やっと衣類を身につけました。このアトリエにはストーブがまだカッカッともえていたのですけれど、あたしは身も心も冷えきる思いでガタガタふるえつづけていました。あたしが逃げると気がついたのか、井川がよろよろ夢殿からはいだしてきて、あの手すりのうえから両手をさしのべ、いかないでくれ、いまのは冗談だから逃げないでくれと、哀訴歎願をしていました。その声をあとにあたしはこのアトリエから、木枯しの吹きすさむ師走の世界へとびだしていったのです。そのときあたしの紙入れには千円とちょっとしかありませんでした」

マリ子はそこでちょっとことばを切ると、

「それからあとのことは譲次がいちばんよくしっています。譲次がいなかったら、あたしはきっと身も心も凍えきって死んでいたかもしれません」

「マリ子！……マリ子！」

感極まったブルドッグはまたブルドッグのようにおめいて、マリ子の繊手《せんしゅ》を砕けんばかり握りしめた。あまり強く握りしめたので、マリ子が思わず悲鳴をあげたくらいである。

バラを買った女

「それじゃ、奥さん」

しばらく沈黙がつづいたのち、等々力警部のギコチない空せきが、やっと重っ苦しいその沈黙を打ちやぶった。

「それじゃ、もう少し質問をさせてください」

「はあ、どうぞ」

マリ子は落ちつきを取りもどして、またもとの抑揚のない調子にかえっていた。

ストリッパーもいちど全ストをやってしまうと、あとぬぐのに気が楽になるという。

マリ子のいまの告白は、いきなり全ストをやったようなものだ。彼女はどんな質問にでも答える用意があることを、その顔色が示している。

「あなたと井川謙造氏のそういうアソビは、いつもあの夢殿のなかで演じられていたわけですか」

「はあ」

「宮武たけはそれをしっていたでしょうかねえ」

「さあ……それはどっちともいえますわねえ。井川もあたしもできるだけかくすようにしていましたし、それにわずか三月ばかりのあいだの悪夢でしたし、それにまた毎晩じゃございませんの。井川は……」

と、マリ子はちょっとほおを染め、

「あのほうがもうそう強くはございませんでした。だから、そういう刺戟《しげき》でじぶんを興奮させる必要があったのだと思います。でも……宮武さん、うすうすしっていたんじゃないでしょうか」

「そのとき用いた鞭はその後どうなったでしょう」

「ああ、いや、警部さん」

と、そのときそばから口を出したのは山川警部補である。

「失礼しました。あれがそれほど重要な役割りを、果たしていたとは気がつかなかったものですから……三浦君、二階へいってとってきてくれたまえ。整理ダンスのいちばん下のひきだし、さるまたやなんかの下着類の入っているひきだしのなかに突っこんであるから……」

「はっ！」

それから二分ののち三浦刑事がもってきたのは、競馬の騎手の使う鞭を、少しみじかくしたような、なるほどああいう小房で使うには手ごろの鞭だった。

「どうも変なものがあると思ったんですが、ここの主人乗馬でもやるのかと思ったものですから……」

「いいえ、井川はむかし乗馬に熱中したことがあるそうです。母屋のほうをお調べになれば、乗馬服も出てくるはずです」

「なるほど、これでねえ」

警部が二、三度するどくその鞭をふってみせると、マリ子は両のこめかみをおさえて身ぶるいをしながら、

「警部さん、よして、よして……そのビューッ、ビューッって音をきくと、あたし全身がうずくようでございます」

「ああ、ごめん、ごめん」

等々力警部はあわてて鞭をふることをやめると、痛ましそうにマリ子のようすに目をやって、

「この鞭はあんたにとっては悪夢みたいなもんだったんだね。しかし、山川君」

「はあ」

「この鞭はなにかの参考になるかもしれん。いちおう押収しときたまえ」

「はあ」

「それじゃ、奥さん、こんどは過去にさかのぼって、質問させてもらいたいんだが……」

「はあ、どうぞ」

　マリ子はそばにいる譲次が気になるらしく、ちらとそのほうへ目を走らせたが、それでも悪びれるところなくひかえていた。

「あんたと井川氏とのあいだに関係ができたのは……？　宮武たけの話によるとせんの奥さんが生きていたじぶんから、あんたはあの中二階の部屋で、井川氏と逢《あ》っていられたとか……」

「はあ、なにぶんにもせんの奥さまがご病身で、妻としての役目をお果たしになれなかったものですから……あたしせんの奥さまから井川のことはなにぶんよろしくと頼まれていたんですの」

「ああ、じゃ、せんの奥さんも承知のうえのことだったんですか」

「はあ、宮武さん、そのことを申しあげませんでしたか」

「いいや、きかなかったね」

「まあ！」

　と、マリ子はちょっと目を見はったが、急に狼狽《ろうばい》したように、

「それじゃ、あのひと、しらなかったのかしら。あたしはあのひとも、承知のうえのことだとばかり思っていたんですけれど……」

そのとき金田一耕助が異様な目つきをして、マリ子の横顔を注視しているのに気づいた等々力警部は、おやとばかりにマリ子の顔を見なおした。

しかし、もうそのころにはマリ子も平静を取りもどし、金田一耕助の瞳の異様なかがやきも、一瞬にして消えてしまって、かれはまたなにを考えているのかわからぬような、もとの無表情にかえっていた。

等々力警部は心のうちで舌打ちしながら、しかし、うわべはさりげなく、

「ところで、あんたはいつもあの裏口から井川氏に逢いにきていたんですか」

「はあ。いかに奥さまが承知のうえだとはいえ、表玄関から堂々と逢いにくるわけにはいきませんし、それに井川にはそういう、なんといいますか、秘密めいたところを好む性癖がございましたから」

「なるほど、ところであの北側のドアや裏口は、あとからしつらえたものだということだが、それはあんたのためにつくったのかね」

「まさか……あたしがここへくるようになったときには、すでに裏口もございましたし、北側のドアもできておりました」

「ああ、そうすると……」

と、そばからくちばしをはさんだのは金田一耕助である。

マリ子のまえで金田一耕助が口をひらいたのはそれがはじめてだったし、だいいちマリ子はさっきから、この男の存在が気になっていたところだから、びっくりしたようにそのほうをふりかえった。

ブルドッグの譲次もギロリと眼を光らせて、金田一耕助をにらんでいる。もしこの男がマリ子にとって危険な存在ならば、ただではおかぬという意気込みである。

その雰囲気に気がついた金田一耕助はいくらか鼻白んだ格好で、もじゃもじゃ頭をかきまわしながら、

「ああ、いや、失礼いたしました。とつぜん横からくちばしをいれて……」

「ああ、いや、ちょっと紹介しとこう」

と、等々力警部はにこりともせず、

「こちら金田一耕助先生といって、民間人ながらもこういう捜査に特異な才能をもっていらっしゃるかたでね。私立探偵を業としていらっしゃるんだが、ちょくちょくわれわれにご協力を願ってるんです。ひとつ質問に答えてあげてください。金田一先生、どうぞ」

「はあ、じゃ、ひとつ失礼して……」

金田一耕助はあいての警戒心を意識しながら、それでもかまわず、

「あの北側のドアと裏口のことですがね」

「はあ」

「ひょっとするとあなたのまえにも、だれかあそこをとおって中二階の夢殿へ通《かよ》っていたものがあるんじゃないですか」

「さあ……」

と、マリ子はつめたい表情もかえずに、

「そんなことがあったとしても、それはあたしのしらないことです。そういうお話でしたら宮武さんのほうがよくご存じでしょう」

「ああ、そう、いや、ありがとうございます」

と、金田一耕助はペコリとひとつ、もじゃもじゃ頭をさげると、

「ぼくのおたずねしたいことはただそれだけです。警部さん、どうぞ」

「ああ、そう」

と、等々力警部はうなずいて、

「ところで、奥さん、あんたがこのうちへきて、井川氏と同棲《どうせい》されるようになったのは、いつごろから……」

「一昨年の秋でした。せんの奥さまの一周忌のすむのをお待ちしていたんです」

「こんなことときくのはぶしつけだが、あんた正式に入籍されているそうですな」

「はあ」

「入籍はいつごろ……?」

「去年の十月でした」

「それについて、けしからんことをいうやつがいるんだが……その入籍は井川氏のしらぬまに行なわれた。すなわちあんたがかってに井川氏の印鑑をもちだして、入籍してしまったんだといってるものがあるんだが……」

「宮武さんでしょう。もし宮武さんがそういったとしたら、あのひと井川にだまされてるんです。井川はあたしの弁護士にもそういったそうです」

「弁護士というと、鈴木隆介という人物ですね」

「はあ」

「しかし、それは事実ではないとおっしゃるのかね」

「入籍のことは……」

と、マリ子は依然として抑揚のない声で、

「さいしょやいやいいったのはあたしのほうでした。女というものは籍が正式になっていないと落ちつかないものです。しかし、井川は言を左右にしてなかなか受けつけてくれませんでした。いまから思うとあたしのようすをうかがっていたのでしたわね。ところが去年の九月に井川が正体をむきだし、しかも、あたしがいやいやながらも、井川の要求に応ずるようになってからというものは、井川にとってあたしはなくてはならぬものになってきたわけです。だから、こんどは井川のほうから入籍のことをやいやいいいはじめたのです。井川にしてみればあたしに逃げられたらたいへんだという考えがあったのでしょう。しかし、こんどは逆にあたしのほうが考えこみました。こんな夫婦関係がいつまでつづくだろうという不安があったからです。しかし、まさかあそこまでひどくなろうとは思わなかったので、あたしも同意してしまったのです。その手つづきいっさいをやったのはあたしでしたが、それは井川も同意のうえで……と、いうよりはむしろ井川に哀訴歎願されてやったことなのです。それをかってに印鑑をもちだしたなんて……あたし鈴木先生からその話をきいたとき、井川をとてもひきょうなひとだと思いました。あのひとがひとに印鑑を自由にされるようなひとでしょうか」

さいごの一句にはいくらか毒々しいひびきがあり、マリ子のくちびるは嘲《あざけ》るようにゆがんでいた。

「あんた鈴木隆介という弁護士を以前からしっていたのかね」

「いいや、そりゃおれが紹介したんだ」

と、そばから等々力警部の質問に答えたのは譲次である。

この血気さかんなブルドッグも、話題がセンジュアルな方向からそれて、真剣な問題へとすすんでいったので、どうやらたぎりたっていた血も、いちおう鎮静《ちんせい》したらしい。態度もだいぶん落ちついていた。

「マリ子は泣き寝入りをするつもりだったんだ。井川と別れられさえすりゃそれでいいくらいのつもりでいたんだ。だけど去年の暮れも押しつまってから、こっそりお店の裏口からおれを訪ねてきたマリ子のみじめな姿をみると、おれはがまんがならなかったんだ。まさか、あんなひでえめにあっていたとは、ゆうべまでしらなかったが、とにかくうんと慰藉料《いしやりよう》をせしめてやれって、そいで鈴木さんを紹介したんだ。鈴木さんはお店の常連で、せんにおれが問題を起こして警察沙汰《ざた》になったとき、いろいろめんどうをみてくだすったかただからな」

「それ以来ずうっと君がこのひとのめんどうをみていたんだね」

「めんどうをみていたなんていわれると恥ずかしいよ。あんな薄ぎたねえアパートしか世話できなかったんだもの。でも、ゆうべまでおれいちどだってマリ子に変な要求しなかったよ。それだのに井川のやつ、マリ子に情夫があるなんて難癖つけやあがって、慰藉料をふみ倒そうとしやあがったんだ」

「じゃ、君も井川氏に会ったことがあるんだね」

「ええ、よくお店のほうへきましたよ。マリ子にもとの鞘《さや》へおさまるように、おまえから頼んでくれなんて虫のいいことといってましたよ。それをおれが取りあわねえと、おまえマリ子と関係があるんだろう。そんな女に慰藉料もヘチマもねえなんてゴタクをぬかしやがったから、つまみ出してやったことがあったっけ」

「奥さん、あんたがさいごに井川氏に会ったのは……？」

「きのう……いいえ、もうおとといになりますわね。電話で会いたいといってきたので、新宿のブルー・パゴダという喫茶店で会ったんです」

「どういう用件でした。やっぱり復縁の話でしたか」

「いいえ。復縁のことはもうあきらめたようでした。じぶんももうあきらめるから、そのかわり訴訟を取りさげてほしい。示談にしようじゃないかというんです。それであたしも納得してゆうべ鈴木先生にうちへきていただいて、手をひいていただくようにお願いしたんです」

「示談にするにはいくら出すといってました」

「そんなことまで申しあげなくてはいけないんでしょうか」

「できたら……いやだったらいいんですが……」

マリ子はちょっと考えたのち、

「五百万円ではどうだといってましたが……鈴木先生の請求では一千万円になっていたんです」

「それで、あんたは受諾したわけだね」

「はい」

「いったい井川氏はどのくらい財産をもっているのかね」

「さあ……入籍したとはいえ、あたしはほんとうの妻ではなかったのです。そういうことなら宮武さんのほうがよくご存じでしょう」

「つかぬことをおたずねしますが……」

と、そのときそばから口をはさんだのは金田一耕助である。

「はあ……？」

「宮武さんというひとはこの家でどんな地位にあったのですか」

「はあ、あの、家政婦……と、いうところではないでしょうか」

「その家政婦が……たんに家政婦にすぎない女が、正妻であったあなたもご存じないことをしっているというのは……？」

「それは……それは……」

と、マリ子はちょっと口ごもったのち、

「なんといってもあのひとのほうが古うございますし、それにせんの奥さんにたいへん信用があったようですから」

「そのほかになにか、井川氏が頭があがらぬというような、とくべつな理由でもあったのではないですか」

「さあ……そこまではあたしも存じません。もしそういうことがあったとしたら、それはあたしがここへくるまえのことでしょうね」

と、マリ子はつめたい表情をくずさなかったが、それでも一瞬その顔がこわばったようなのを、金田一耕助は見のがさなかった。

「ああ、そう、それでは警部さん、どうぞ」

等々力警部は疑わしそうな目を、ちらと金田一耕助のほうへむけたが、あいてが平然とすましているのを見ると、いまいましそうにまゆをひそめて、

「ところで、奥さん、あんたこれからどうなさるおつもりだね」

「どうするつもりかとおっしゃると……？」

「いや、あんたはまだ井川氏と正式に離婚はしておらんのだから、井川氏の財産は当然あんたが相続するわけだが、あんたこの家へきて住むつもりかね」

「マリ子、そんなことよせよ。こんな縁起でもねえ家へ住むのはよせよ」

ブルドッグの譲次が心配そうにそばから咆哮《ほうこう》した。マリ子はやさしくその指を握りしめたまま、

「警部さま、あたしはまだそこまでは考えてはおりませんでした。そのことについては、いずれ譲次や鈴木先生とも相談のうえきめることにいたします。でも……」

「でも……？　なにか……？」

「井川の亡骸《なきがら》はどうなるんでしょうか」

「ああ、井川氏の死体はいま病院から引きとりにくることになっています。死因を正確にしるために、いちおう解剖に付さなきゃなりませんからね。だけど、そのあとだれかに死体を引きとってもらわなければならんが、それは奥さん、あんたの役目じゃないかな」

「はあ……」

マリ子はあおざめて、

「それじゃ、宮武さんと打ちあわせておくことにいたします。井川の亡骸を送りだしたら、あたしきょうはいちおう西荻窪のほうへ引きとりたいんですけれど……」

心身ともにマリ子はいかにも苦しそうであった。

「ああ、それはいいでしょう。そのかわり当分遠出はしないように。居所をハッキリしておいてもらいたいんだが……」

「はあ、それはよく承知しております」

マリ子はさびしい微笑をきざんでいった。

マリ子のききとりはこれでいちおうおわったが、彼女が譲次をつれて出ていこうとするだんになって、等々力警部は思いだしたようにもういちど彼女を呼びとめて、

「そうそう、奥さん、もうひとつあんたにおたずねしたいことがあるんだが……」

「はあ……？」

「そこにある壺《つぼ》ですがね、その壺のことについて、あんた井川さんからなにかきいたことはありませんか」

マリ子はそこにある問題の壺を不思議そうにながめていたが、

「いいえ、べつに……この壺がどうかしたのでございましょうか」

「いや、これきのうの夕方とどいたんだそうだが、井川氏がどこでこれを手に入れたのか、ご存じじゃないかと思って……」

「いいえ、おととい会ったときそんな話は出ませんでした。これがなにか……？」

「いや、いいんです、いいんです。しらなきゃそれでいいんです」

マリ子はまゆをひそめてさぐるように一同の顔を見まわしていたが、やがてかるく会釈をすると譲次をつれて、母屋へ通ずるドアのほうへ消えていった。

そのあと彼女は宮武たけと会ったが、その場にいあわせた刑事の話によると、それはごく行儀ただしいが、そのかわりいたって事務的で、そらぞらしい会見だったという。

マリ子がまだ母屋のほうにいるあいだに、志村刑事が事務服を着た女店員ふうの、わかい娘をつれてかえってきた。

「警部さん、金田一先生」

と、志村刑事はいくらか意気込んでいて、

「このひと、駅前にある万花堂という切り花屋に勤めている、青田京子さんというひとなんですが、ちょっと興味のある事実を話してくれたので、いっしょにきてもらいました。青田君、さっきの話をここでもういちど、みなさんのまえで話してくれないか」

青田京子はあきらかにおびえていた。しかし、いっぽうでは大いに好奇心にもえていた。じぶんのしっている事実が、殺人事件の解決に役立つかもしれないということは、恐ろしくもあり、不安でもあるが、また大いに功名心のもえることでもある。ひょっとすると青田京子嬢談などと、写真入りで新聞に出るかもしれないではないか。

「はあ、あの……」

と、青田京子嬢はおどおどしながら、それでもわりにハッキリとした口調で、

「正確には時間をおぼえていないんですけれど、ゆうべの八時半から九時までのあいだでございました。表に自動車がとまって女のかたがひとりでお店へ入ってきたんです」

「ああ、ちょっと……」

と、山川警部補がさえぎって、

「女は自動車でやってきたんだね」

「はい」

「それで、その女ひとりだったの。それともだれかが運転してやってきたの」

「はあ、あの、そのことならさっき刑事さんからもきかれたんですけれど、お店へ入っていらしたときには、そんなこと気がつきませんでした。でも、おかえりになるときお店のなかから見ていたら、そのひとがごじぶんで運転していらっしゃいまして、ほかにどなたも乗っていらっしゃらなかったようです」

「それじゃ、ついでに車の種類をおぼえちゃいないかね」

「ヒルマンでございました。あたしの知り合いのかたが、あれとおなじ車をもっていらっしゃるので、よく存じております」

「ふむ、ふむ、それで、その女が店へ入ってきて……」

「はあ、お土産にするのだからなにか切り花がほしいとおっしゃって、あれやこれやとお迷いのすえ、けっきょくバラの切り花を買っていかれたんです」

そういいながらも京子の目は、そこにある青磁の壺にそそがれている。

「君はその切り花がこれだと思うかね」

「はあ、手にとって調べればわかると思います。あたしついはさみを入れそこなったものですから……」

「ああ、そう、それじゃ手にとって調べてみてくれないか」

京子はおそるおそる青磁の壺からバラを抜きとると、枝の切り口を調べていたが、

「たしかにこれでございます。ほら、この紅バラの根もとに二度はさみが入っておりましょう。これが切りそこなった跡なんですの」

「なるほど」

と、山川警部補は胸を張って、

「それで、君、それはどういう女だった？　ゆうべのきょうだからまだおぼえてるだろう」

「はあ、とってもきれいなかたでした。年齢はまだ二十まえなんじゃないでしょうか。前髪を切って額でそろえて、ちょっと支那《しな》の女みたいでした。耳飾りやなんかも翡翠《ひすい》かなんかじゃなかったんじゃないでしょうか。ただ、大きな黒のサングラスをかけていらしたのが、なんとなく目ざわりでしたけれど……」

「それで、服装は……？」

「はあ、それなんですの。胸までつまったまっかなレーンコートを召していらしたので、はじめは気がつかなかったんですけれど、レーンコートのしたからのぞいているのが、支那人のはくようなズボンだったので、それで中国のかただと気がついたんですの。でも、日本語はとてもおじょうずでした」

「体つきやなんかはどうだった？　大柄だったとか小柄だったとか？……」

「そういえば小柄のほうでした。レーンコートを召していらしたのでハッキリはわかりませんが、ほっそりとした華奢な体つきだったんじゃないでしょうか」

「君はその女にもういちど会えばわかるかね。ゆうべの女だということが……？」

青田京子はちょっと小首をかしげて、

「それはわかると思います。ことに翡翠の耳飾りが印象的でしたから……」

ちょうどそこへ病院から救急車が死体を受けとりにきたので、怖いもの見たさの青田京子は、けっきょくマリ子や譲次、宮武たけやせがれの敬一たちといっしょに、運びだされる死体を見おくる結果になってしまった。

楊祭典

江東区深川K町というのは外部からきた人間には、ちょっと妙な町である。

そこは隅田《すみだ》川が形成したデルタ地帯のなかの、しかも網の目のように走っている水路に取りかこまれた部分にあたっているので、ちょっと長雨がつづくとすぐ浸水する。台風にでもおそわれようものなら、床下浸水は軒並みである。

隅田川がすぐそばを流れており、いちにち汽笛や銅鑼《どら》の音《ね》がきこえるかと思うと、戦後復興した寺が、ふところぐあいの苦しさを示すかのように、安普請《やすぶしん》のすがたをさらしている。かと思うとすぐ近所に近代的なセメント工場があり、大きな煙突からもくもくと煙を吐きだしている……と、そういった錯雑《さくざつ》たる雰囲気《ふんいき》の町がこのK町である。

このK町のなかのちょっとわかりにくいような場所に、お稲荷様の鳥居みたいに、まっかに塗った南京蔀《なんきんしとみ》の家があり、玄関のドアのわきに「楊祭典」「楊華嬢」と二枚の表札がかかっている。

新井刑事が放送局や寄席の組合などをききまわったあげく、この物さびしい場所にある南京蔀の家をさがしあてたのは、五月二十六日の夕方、午後六時ごろのことである。

新井刑事は門からちょっと入ったところにある玄関に立って呼び鈴を押そうとしたが、ふと見ると門のなかに自動車が一台とまっている。新井刑事はそれを見ると、呼び鈴を押すまえに自動車のそばへいって車体を調べた。

自動車はトヨペットである。だが、地面をみるとそのトヨペットとちがったタイヤの跡がついており、しかも、もう一台くらい駐車できるくらいの余地がある。

それじゃ自動車を二台もっているのかな。……

新井刑事がもとの玄関へもどろうとすると、家のなかからのぶとい男の声がきこえてきた。芸人特有のいちどのどをつぶしたことのある声である。

「いえ、それがね、おとといの晩からいまもって、かえってきやがらねえんですよ。へえへえ、なに？　えっ？　と、とんでもない、いじめるなんて、そんな……こっちゃだいじなタマだと思うもんだから、したへもおかぬようにしてたんですが、アマ、ちかごろ少しつけあがりやがって……へえへえ、あいつにいま逃げられちゃ、こっちゃ泣くにも泣けません。てんでおまんまの食いあげでさあ」

　あいての声がきこえないと思ったら、どうやら電話をかけているらしい。新井刑事は呼び鈴を押すのをひかえて、そのまま電話の声に耳をすましている。

「へえへえ、お花を連れだしたあいてのかたも、だいたい見当がついてるんです。お花のアマがヒルマンをころがして、おたくの楽屋口から出てくるのを、木場《きば》の師匠が見てらっしゃるんですが、そんとき運転台のお花のそばに、男のかたがひとり乗ってたようだとおっしゃるんで、だいたいそのひとの見当もついてるんです。だから一両日中にゃ、きっとお花を連れもどしますから、こんやのところはなんとか穴があかねえように……えっ？　へえへえ、そりゃ……そりゃ旦那《だんな》のおっしゃるとおりで、気まぐれもんのあいつのこってすから、ひょっこり直接そっちのほうへいかねえもんでもありません。へえへえ、そりゃ、もう、いうまでもなく、いつでも出られるように支度はしておきますから……じゃ、どうも、いろいろご心配をおかけしてあいすみません」

　電話のぬしはあきらかにこの家のあるじ楊祭典らしい。楊祭典としかつめらしく中国名を名乗っているが、そのじつ日本人なのか、それともながらく日本にいるのでそうなったのか、電話の声は歯切れのいい江戸弁である。

　それにしても、お花というのが楊華嬢ではないか。と、するとこれは日本人らしいが、いまの電話のようすをきくと、そのお花はおとといの晩から姿をくらましているらしい。

　新井刑事は電話が切れてからしばらく待って、呼び鈴を押した。

しばらくすると、ドアのむこうにひとの気配がして、

「だれ……？」

と、いまきいたばかりののぶとい男の声がきこえた。

「ああ、警視庁のもんだがね、楊祭典君にちょっとききたいことがあってやってきたんだ」

ドアのむこうでちょっと黙っていたようだが、すぐとっかわと掛け金をはずす音がして、満月のようにまんまるい顔がドアの内側からのぞいたかと思うと、

「旦那、お花が……いや、華嬢がどうかしましたか」

と、金魚のようにパクパクロをひらくと、なるほど前歯に三本金歯が光っていた。

「ああ、君が楊祭典君だね」

「へえ、へえ、あたしが楊ですが、華嬢がなにか警察のお世話にでもなるようなことをしでかしたんで？」

と、脂ぎったあから顔の大きな目が、いまにもとびだしそうなほど不安そうである。

「いや、それがちょっとこみいってるんでね、立ち話じゃどうかと思うんだが……」

と、新井刑事が名刺をわたすと、

「いや、どうもこれは失礼いたしました。それじゃどうぞおあがりなすって」

と、楊はそこへスリッパをそろえた。

楊の辮髪《べんぱつ》は舞台だけの扮装《ふんそう》とみえて、頭はいまはやりのユル・ブリンナー式のくりく

り坊主である。体にはだぶだぶの支那《しな》服ともガウンともつかぬものをひっかけていて、素足にスリッパをはいている。

　玄関のすぐ右手がせまい応接室になっているが、いかにも支那式の極彩色の装飾がゴテゴテしていて、目にまばゆいくらいである。

「旦那、ちょっとお待ちなすって。すぐ着がえてまいりますから……」

　楊がひっこんだあとで新井刑事は、すばやくあたりを見まわしたのち、部屋のすみに目を光らせてちかよった。

　応接室のドアのすぐ内側においてあるのは、大きな陶器の壺《つぼ》なのだが、それは大きさといい、形といい、いま成城の井川家にあるのとそっくりおなじであった。むこうのが牡丹《ぼたん》の模様であるのにたいして、こっちがみごとな唐獅子《からじし》なのは、おそらく一対をなしていたものだろう。

「いや、お待たせしました。あいにくばあやが買い物に出てるもんですから……」

　と、しばらくして茶をいれてもってきたあいてを見ると、小ザッパリとした支那服を着ていて、表情も落ちついてあいきょうがある。

「楊君」

　と、新井刑事はすすめられた支那ふうのいすに腰をおろすと、

「まずさいしょに聞きたいんだが、君はほんとの中国人なのかね。いやに日本語が達者じゃないか」

「いや」

と、楊はくちびるのはしから金歯をのぞかせると、

「しらないかたからはよくそういってきかれるんですが、あたしゃやっぱり中国人なんです。生まれは広東《カントン》なんですがね、大正三年、第一次世界大戦のはじまった年に両親といっしょにこっちへやってきて、それきり日本でお世話になってるもんですから、日本人もおんなじですね。くさやの干物でお茶漬《ちゃづけ》さらさらって芸当もやってのけますからね。日本にも籍があるんです」

「大正三年に日本へわたってきたって、そのじぶんいくつだったんだね」

「当時の日本流にいって七つでした。ですからじぶんのうまれた国のことばより、こっちのことばのほうがえてなんですが、舞台ではわざとチンプンカンをやってるんです」

大正三年にかぞえ年で七つだとすると、もうすでに五十を越えている勘定だが、肌《はだ》の色つやといい、肉づきのわかさといい、四十そこそこにしか見えないのは、やはり食物のちがいかもしれない。

そういえば玄関を入ったとたん、プーンと鼻をついたような強いにおいを、この男じしんが発散しているようである。

「ところで、さっき話の出た楊華嬢という娘さんだがね、その子は君の娘さんかね」

「いいえ、ほんとの娘じゃありません。あの娘は戦災孤児なんです」

「戦災孤児というと日本人なんだね」

「そうです、そうです。じつは戦争中あたしゃ日本人の芸人仲間といっしょに慰問演芸団をつくって、内地の軍需工場やなんかを慰問してまわっていたんです。そのまえに日本に帰化してましたし、女房も日本人でしたから、軍や情報局でもわりにかわいがってくれまして、敵国人扱いはうけなかったんです。ところがそうして旅から旅へと巡業してまわっている留守中に、三月の大空襲で東京へのこしておいた女房子供をうしなったんです」

「なるほど、それで……？」

「はあ、ところがその年の十月、移動演芸団も解散し、なんの希望も当てもうしなったあたしが、神戸の三の宮のヤミ市をほっつきまわっていると、あの娘がそばへよってきて、お父ちゃん、お父ちゃんとつきまとって離れないんです。年齢は八つか九つくらいでしたが、栄養失調で発育がおくれたのか、花子という名前しかいえず、年齢さえハッキリしらないんです。そういうのが、どこかあたしが父親に似ていたのか、どんなに追っぱらってもお父ちゃん、お父ちゃんとついてきて離れない。こっちもおなじ戦災で女房子供をうしなって、ひとりぼっちでさびしかったときでしたから、つい情にほだされましてねえ」

「それで、君が引きとったのか」

「へえ、でもご安心ください。ちゃんとそれぞれ手つづきはとってあるんです。そのまえにずいぶん手をつくして親兄弟もさがしたんですが、みんな死にたえたとみえて、かいもくいくえがわからず、だいいち戸籍さえハッキリしないのを、まあ、あたしの養女ということにしたんです」

「それで、曲芸を仕込んでいったんだな」

「へえ、でも、旦那、けっしてあの娘を食いものにする気じゃなく、ほんとにお互いにさびしかったもんだから、つい寄りあったというわけなんです」

「だけど、楊君」

と、新井刑事は鋭くあいてを見つめて、

「これは神田の若竹亭できいてきたんだが、君と華嬢とは親娘《おやこ》とは表向き、ほんとは夫婦になってるってえじゃないか」

「すみません、旦那」

と、さすがに楊も茹蛸《ゆでだこ》みたいにまっかになって、

「親娘ったってほんとの親娘じゃないってこと、あの娘もよくしってます。はじめは親切なおじさんくらいに思ってわたしを慕っていたのが、だんだん情が移ってきたんですね。こっちはこっちで年ごろになってくると、かわいさがいやましにつのってきて、なんだか他人の手に渡すのが残念なようなくやしいような……それでつい手を出したところが、思いのほか快く身をまかせてくれましたまして……面目しだいもございませんが……しかし、旦那」

と、楊は急に真剣な目つきになって、

「華嬢がいったいどうしたというんですか。なにか警察のごやっかいになるようなことでもしでかしたんですか」

楊の満月のような顔が不安そうにくもるのを、新井刑事はまじまじと見まもりながら、

「楊君、君は井川謙造《けんぞう》という男をしらないかね」

「井川謙造さん……？」

と、楊はちょっと小首をかしげたが、すぐ思いだしたように、

「ああ、そうそう、あたしが壺を譲ってあげたひとですね」

「じゃ、君はしってるんだね、井川謙造という男を……？」

「しってるってほどじゃありませんが、陶器の蒐集家《しゅうしゅうか》とやらで、わたしに商売物の壺を譲れ、譲れってきかないもんですから、あれと……」

と、楊は部屋のすみにある唐獅子の壺を指さして、

「一対になる壺を譲ってあげたんです。きのう運送屋にたのんで送りとどけたんですが、着かなかったとでもいうんですか」

新井刑事はさぐるように楊の顔を見まもりながら、

「楊君、君は新聞を読まないのかね」

「新聞……？」

と、楊は目をまるくして、

「読みますよ。そのときによってちがいますが、見出しくらいは毎朝ざっと目を通しま

すよ。あたしゃこれでも日本人とおんなじなんですからね。旦那、それじゃ華嬢のことがなにか新聞に……？」

「いいや、華嬢のことじゃない。井川謙造のことだがね。井川謙造はゆうべ殺されたんだ。そのことはけさの新聞に出てるんだが……」

楊はしばらくポカンとして新井刑事の顔を見ていたが、すぐ立って部屋を出ていった。一分ののち楊は帝都日報をひらきながらかえってきた。それは芸能関係の記事のいちばん詳しい新聞である。

「旦那、この新聞にゃべつに……」

新井刑事が手にとってみると、なるほど帝都日報のその版には、井川謙造殺害事件に関する記事はまだ一行も出ていなかった。

「楊君、君はほかにも新聞は……？」

「いいえ、これひとつです。いままでこれで十分まにあってきましたからね。だけど、旦那、そうじらさないでくださいよ。井川さんが殺されたってことと、華嬢となにか関係があるんですか」

「いや、それを話すまえに君と井川氏との関係、あるいは井川氏と華嬢との関係を話してもらおうか。君はいつごろから井川氏としりあったんだね」

楊はしばらくさぐるように新井刑事の顔を見まもっていたが、

「承知しました。それじゃお話ししましょう」

と、にわかに表情をきびしくして、

「井川さんが神田須田町の席亭、若竹亭の楽屋へあたしを訪ねてこられたのは、先月の六日のことでした。なぜまたこんなに詳しく日にちをおぼえてるかってえと、そのまえの晩、パシフィック・テレビの寄席中継で、あたしどもの曲芸が放送されたんです。そんとき壺……あそこにある壺と一対になるやつが、テレビカメラでクローズアップされたんだそうで、井川さんはそれをごらんになって、実地にその目で壺を見たいとおっしゃって、翌日の六日の晩、わざわざ寄席へお見えになったんです。あのかた、陶器ときちゃ目がないかたなんだそうで……」

「あの壺にゃそれほどコットウ的価値があるのかね」

「さあ、どうですかねえ。おやじ譲りなんですよ。あたしも子供のころはあの壺に入ってたんですが、そういえばおやじも小《ち》さいころ、あれに入ってたっていってましたから、そうとう古いもんなんでしょうね。広東《カントン》からこっちへくるときもってきたものなんで、戦争中もあればっかりはこわさぬように、だいじに疎開しておいたんです」

「それを井川が譲れといいだしたんですね」

「へえ、もう楽屋へきて壺を見るなりひとめぼれなんですね。まるでよだれを垂らさんばかりなんで、そこでついあたしが、この壺は対《つい》になっていて、家においてある唐獅子のほうがもっとみごとだと自慢をすると、それもみせろとその翌日、まさかと思っていたら、ほんとにこの家へやってきたんです。さあ、それからがたいへんで、毎日毎晩、この家かあたしどもの出ている寄席……あたしゃいま上野と神田、新宿と、三軒かけもちしているほかに、ちょくちょくテレビへも出させていただいてるんですが、どこかへやってきてはやいのやいのと、そりゃもううるさくてかなわないんです。それでとうとうめんどうくさくなっちまって、ええい、かまうこたあねえ、あとひとつあれば商売にゃことかかねえ。……いえね、あたしの理想としちゃ、もうひとり壺入りの太夫《たゆう》を養成して、一対の壺へふたり入るということにしたかったんです。あたしどもの小さいじぶんは、妹とふたりでやってたんですからね。しかし、こう幼児虐待とかなんとか、おかみがうるさくなっちゃなかなか理想どおりにいきませんから、思いきって譲っちまえってえわけで、おととい上野の若竹亭の楽屋で手をうち、きのう運送屋にたのんで、成城のお宅のほうへ送りとどけたんです」

さすがに芸人だけあって、語りだすと立板に水で、たくみな話術にきいているほうでも、一種の快感をおぼえるくらいである。

「それで、いくらで譲ったんだね」

「そりゃいけませんや、旦那、あたしにとっちゃあの壺を手ばなすのは、身を切るほどつらかったんです。それだけはご勘弁を……」

「いや、こっちは税務署の係じゃないから……じゃ、それはいいとして、それじゃその取り引きに先月の六日からおとといまで約五十日かかったというんだね」

「へえ、そうです、そうです。それが……？」

「しかも、そのかん毎日毎晩のように、井川は君んとこへきていたんだね」

「へえ、もういちんちも欠かさず……」

「どうだろう、そのあいだに井川はしだいに、華嬢に関心を示しはじめはしなかったかね」

「えっ？」

と、楊は大きく目玉をひんむいて、茫然《ぼうぜん》として新井刑事の顔を見つめていたが、満月のようにあいきょうのあるその顔がみるみるけわしくなったかと思うと、

「野郎！」

と、口のうちで鋭く叫んだ。

「なにか心当たりがあるかね」

「それじゃ、おとといの晩、華嬢と同乗していったのは、山藤の旦那じゃなく、井川さんだったのかな」

「山藤の旦那というのはどういうんだ」

楊はそのことばも耳に入らないらしく、依然として大きく目玉を見はっている。陶器の皿を思わせるような、つめたい、ひえびえとしたかたさのなかに、はげしい忿怒《ふんぬ》の色がもえている……と、そういう感じの眼の色だった。

新井刑事がその凝視の底にあるものを、読みとろうとしていると、それに気がついたのか楊は急にまぶたをしわしわさせて、ふいと顔をそむけると、

「旦那はいま山藤の旦那のことをおききでしたね」

と、なんとなく元気をうしなったようである。

「山藤の旦那というのは横山町の山藤という洋物屋の旦那で、ずっとまえから華嬢をいろけぬきでごひいきくだすってるかたなんです。華嬢にゃ三味線のほかにお座敷手妻《てづま》も仕込んでありますが、そんときの用意にですね。いかに女とはいえいまに壺入りができねえ年ごろになりましょうから、そんときの用意にですね。それで山藤の旦那がかわいがってやってくださるんです。おとといの晩、上野の若竹亭で井川さんと取り引きをおわったあと、あたしゃちょっと席亭の旦那と話があったので、華嬢はひとあしさきにかえったんです。そんとき華嬢の車に中年の旦那が乗ってらっしゃったと、木場《きば》の師匠……三遊亭松楽さんですね、松楽さんにきのうきいたんですが、あいては山藤の旦那だとばかり思って安心していたんです。山藤の旦那もおとといの晩、楽屋へあそびにきていらして、華嬢をからかってらっしゃいましたからね。だけど、いま考えると、山藤の旦那なら木場の師匠もしってるはず、すると、あれは……？」

と、楊の目にはまた忿怒の色がもえてくる。

「華嬢は車をもってるのかね？」

「井川さんにもらったんです。ヒルマンの中古は中古ですけれどね」

「楊君」

と、新井刑事は鋭くあいてを見つめて、

「君はそれでも井川の野心を怪しまなかったのかね。たとえヒルマンの中古でも、自動車のプレゼントというのは大きいじゃないか」

「へえ、でも、あたしゃまた搦手《からめて》戦術だとばかり思ってたんです。牡丹《ぼたん》の壺へ入るなあ華嬢です。華嬢があの壺はいやだといいだしたら、あたしにゃどうしようもない」

「華嬢はそういいだしたのかい」

「へえ、そうなんです。それであたしもあきらめて手放す気になったんです。ヒルマンなんかもその鼻薬だとばかり思っていたんですが……」

「華嬢は自動車の運転ができるんだね」

「それはできます。あたしが車をもってますからね。ふたりとも免状ももってるんです。しかし、旦那」

　と、楊はもえるような目を刑事にむけて、

「華嬢は井川さんと関係があったとおっしゃるんですか」

「以前から関係があったかどうかそれはしらんが、ゆうべ華嬢らしい女が成城の井川の家へやってきて、同衾《どうきん》した形跡はあるんだ」

「うそ……？」

「うそだ！」

「華嬢はそんな女じゃない。井川のやつがもし華嬢をあまく見て、変なまねでもしようものなら……」

と、物すさまじいけんまくでひと息にそこまで口走ってから、楊ははたとことばを切ると、あんぐりと口をあけたまま、新井刑事の顔を見なおした。額に汗が吹きだして、動揺する不安の色がかくしきれない。

「もし、井川のやつが変なまねでもしようものなら……？　華嬢はどうするというのかね」

楊祭典はことばもなく、なにか恐ろしいものでも見るような目で、新井刑事をにらんでいる。額から吹きだす汗はますますはげしく、こめかみからほおをつたって流れ落ちた。

「楊君、どうした。もし、君がいま井川のやつが変なまねでもしようものなら、華嬢はただではおかないだろうといおうとしたのだったら、いかさま君のいうとおりだ。華嬢はひと突き、ぐさりと井川を殺《や》ったらしいんだ」

新井刑事を見すえる楊の瞳《ひとみ》から、しだいにかがやきがうしなわれて、かれはしばらく放心したようにいすのなかに埋まっていた。

山猫《やまねこ》のような女

五月二十七日、すなわち事件の翌日の朝、井川謙造の実兄虎之助《とらのすけ》が上京してきた。

かれは去年いちど上京して弟の家へ二、三泊しているのだが、当時のマリ子はまだ謙造の内縁の妻だった。それがいつのまにか入籍されているときいて、虎之助はだいぶん心平らかならざるものがあったらしいということである。

「これは宮武のばあさんの話ですがね」

五月二十七日の夜、成城署内に設けられた捜査本部における志村刑事の発言である。

「新潟にある井川の本家というのは、戦前はそうとうの大地主だったらしいんですね。ところが戦後はおさだまりの斜陽族《しゃようぞく》、農地はぜんぶ開放されて、残ったのは山林ばかり、もっとも山林はそうとうもっているそうですが、昔にくらべると月とすっぽん、それに反して弟のほうは、おやじがこのへんいったいに、地所をたくさん買って当てがってお いたので、ちかごろじゃ兄貴をしのぐ勢いなので、去年虎之助が上京してきたのも、金の融通をたのみにきたらしいって、宮武たけがいってましたがね」

「井川はそんなにたくさん、このへんに地所をもってるのかね」

と質問したのは等々力《とどろき》警部である。

「それなんですよ、警部さん、調べてみておどろきましたが、いま家の建っているあの地所をのぞいても三千坪《つぼ》あまりもってるんです。以前はもっともっていたのを、財産税や本人の道楽で手放していったんですが、それでもまだそれだけ残ってるんです」

「三千坪っていったいどのへんに……？」

「いや、それがひとかたまりになってるんじゃなく、あちらに三百坪、こちらに五百坪と、手放すとすればひじょうに都合のいい買いかたをしてるんですね。おやじがそれを買ったのは昭和九年、井川が美術学校を卒業して、せんの家内の治子というのと結婚して、あそこへ家を建てたとき、次男に財産をわける意味で、謙造にここの土地をあちこち買ってあてがったんですが、おそらく当時はまだこのへん、二束三文だったでしょうからね」

「そのおやじなかなか先見の明があったわけだね」

「このへん、いま坪どのくらい……？」

と、そばから口を出したのは金田一耕助である。等々力警部の要請で、かれはこの捜査会議にも参加しているのである。

「平均三万はするんじゃないですか。地所はいまうなぎ登りですが、ことにこのへんはひどいですから、まだまだどんどんあがりますよ」

「それじゃマリ子の弁護士が慰藉料《いしゃりょう》として、一千万とふっかけたのも当然だね」

「当然どころかまだ安いくらいですよ。マリ子のあのむごたらしい疵跡《きずあと》からみればね」

と、憮然《ぶぜん》としてつぶやいたのは山川警部補である。

「ところで、問題はちょっとそれますが、先年兄さんが金策に上京してきたとき、井川氏は快く応じた気配があるんですか」

「とんでもない……と、宮武のばあさんがいってましたよ。井川というのがそうとうしみったれた男で、じぶんの道楽につかうぶんはべつとして、それ以外の金にはじつにこまかい男だったそうです。そうそう、宮武のばあさん、マリ子が逃げだしたのもそのためだろうと、いまでもそう信じてるようですよ」

「そうすると、井川の閨房《けいぼう》における趣味をあのばあさん、しらなかったのかね」

「どうもそうらしいんです。あるいはしっててシラを切ってるのかもしれませんがね」

「ところで、いま上京している兄貴……虎之助とかいったね。その男はどうなんだね。弟の遺産にたいしてどういう考えをもってるだろう」

「いや、それなんですよ、警部さん」

と、テーブルのうえへ体をのりだしたのは山川警部補である。

「兄貴が上京してきたってことをきいたもんですから、わたしさっそく井川の家へいってみたんです。そしたらわたしの顔を見るなり、マリ子の入籍は違法だのインチキだのと、かみつきそうにわめくんですね。その態度があまりにもえげつないんで、わたしいってやったんです。たとえ違法であったにしろ、インチキだったにしろ、謙造が死亡してしまったいまとなっては、それを立証することはそうとう困難なことではないかと。……そしたら言下にいいましたよ。それじゃマリ子が犯人だ、なぜつかまえて死刑にしないのかって」

「いや、まったく気ちがい沙汰《ざた》もいいとこですぜ。弟が弟なら兄貴も兄貴で、去年金策に上京してきたときも、殴りあわんばかりのけんかをしてかえっていったんだそうですが、なるほどきょうのけんまくじゃねえと思いました。ところがそれからあとがおもしろかったんです」

「志村君、おもしろかったというと……？」

「いや、それは主任さんからきいてください」

「いやね」

と、山川警部補もにやにやしながら、

「虎之助のやつがマリ子を死刑にしろ、しばり首にしろと、あたりかまわずわめいているところへ、マリ子がやってきたんです。それ、母屋のほうの八畳の座敷で、謙造の死体の枕《まくら》もとでの出来事なんですがね」

いい忘れたが謙造の死体は解剖をおわって、けさはやく井川家へ引きとられたのである。謙造の死因にはいままで述べた事情以外に、べつに不審なところはなかった。

「ところがマリ子はひとりじゃなく、例のブルドッグの護衛がついておりましょう。そのブルドッグの耳にマリ子を死刑にしろの、しばり首にしろのってわめき声が入ったからたまりませんや。虎之助のやつさんざんブルドッグにすごまれたうえ、あとからやってきた鈴木弁護士に、謙造とマリ子の婚姻届けには、なんら不備な点はないと引導をわたされて、青菜《あおな》に塩といったかっこうでしたね」

「ああ、鈴木弁護士もやってきたのかね」

「ええ、マリ子もあれでなかなか抜け目はありませんや。打つべき手はちゃんと打ってます」

「鈴木弁護士というのはどうなんだい。築地の北川法律事務所といえば、そうとう信用のある機関だが、鈴木という男、まさか事件屋じゃあるまいね」

「いや、そんなふうにはみえませんでしたね。ブルドッグ……梶原譲次《かじわらじょうじ》にたのまれて、マリ子からいろいろ事情をきいているうちに、それじゃひと肌《はだ》ぬごうということになったらしい。もちろん謝礼も計算のうちに入ってたでしょうが、ひとの弱身につけこんでうまい汁を吸おうというような、そんな悪質なんじゃなさそうですね」

「ところで……」

と、そばから口を出したのは金田一耕助である。

「井川氏のほうではだれか弁護士をたのんであったんですか」

「いや、その点についても鈴木氏にたずねてみたんです。ところが井川のほうにゃ弁護士が立ててなく、万事鈴木とじか談判だったそうで、そいつがまずいと志村君とも話したんですがね」

「まずいというと……？」

と、等々力警部が質問した。

「いや、それじゃ井川のほうに、どういういいぶんがあったのかよくわかりませんからね。鈴木氏も井川がどんなことをいってたにしろ、マリ子に不利になるようなことはいいますまいからね」

「おとといの晩、マリ子が鈴木弁護士を招いたのは、やはり示談にするから手を引いてほしいという意味だったのかい」

「ええ、そうです、そうです。あらかじめマリ子から『赤い鳥』のブルドッグへ電話をしといたんですね。鈴木さんがきたらつれてきてほしいって。鈴木氏はほとんど毎晩『赤い鳥』へ顔を出すんだそうです。そこで秋山美代子を誘って、麻雀《マージャン》でもやりながら話をきこうとやってきたわけです。鈴木氏がいうのに勝訴はうけあいと思っていたのに示談は惜しいと思った。しかし、依頼人の希望とあればやむをえないと手を引くことにした……と、そんなふうにいってましたがね」

「そりゃ、また……」

と、金田一耕助は頭のうえの雀《すずめ》の巣をひっかきながら、

「弁護士としてはいやにあきらめがはやいんですね」

「そう、それを鈴木氏もきょういってましたね。鈴木氏もマリ子の体のあの疵《きず》のことは、きのう譲次からきくまでしらなかったんだそうです。それをしってたらもっと大きくふっかけてやったのに……しかし、井川氏が死んでしまえばけっきょくおんなじことだが……と、いってましたがね」

しかし、これじゃ金田一耕助の疑問にたいする答えにはならなかった。

「ところで、新井君」

と、等々力警部はいままで無言のままひかえていた新井刑事のほうへむきなおると、

「かんじんの楊華嬢のいくえはいまのところまだわからないんだね」

「それがいっこう、……川崎巡査を刺して自動車で逃走したのが華嬢だとすると、……

いや、万花堂の青田京子の証言からも、それはもう間違いはなさそうですが……二十六日午前一時前後以降の華嬢の消息はぜんぜん不明です。車のほうも手配はしてありますが、いまのところどこからも発見されたという報告は入っておりません」

「楊祭典のほうは大丈夫だろうね。ひそかに華嬢と連絡をとっているような気配はないかね」

「それはぜんぜん」

と、そばから口をはさんだのは三浦刑事だ。

「ぼくはゆうべ新井さんから連絡があって以来、柴田君と交替で張り込みと尾行をつづけてるんですが、いまのところいかがわしい動きはないようです」

「二十五日の晩、楊はどうしてたんですか」

と、これは金田一耕助の質問である。

「いつもの通り寄席へ出てます」

と、新井刑事が返事をひきとって、

「楊は華嬢がいなくても、舞台が勤まることは勤まる男です。しかし、ちかごろでは華嬢の壺入りが呼び物になっているので、席亭のほうから苦情が出て、楊もだいぶんあわてたらしいんですね。それで本腰を入れて華嬢をさがそうとしているところへわたしがいったわけです」

「寄席へ出ていたとすると寄席がはねる時刻までは、楊のアリバイははっきりしてるわけですね」

「そうです、そうです。楊は新宿、神田、上野の順に寄席へ出ていて、上野はトリを受け持ってます。上野がはねるのが十時前後。だからそれまでのアリバイははっきりしてます。ところがその晩、住み込みのばあやの村上マキというのが、蒲田のほうにいるめいの病気を見舞いにいって、十二時ちょっと過ぎにかえってきたら、楊がすでにかえっていて、さかんにあちこちに電話をかけて、華嬢のいくえをたずねていたそうです。そして、十二時半ごろやっとあきらめて電話をきると、それから酒をのみはじめて、村上マキが一時ごろ寝床へ入ったころには、まだひとりで酒をのんでいたというんですね」

「なるほど、それじゃアリバイは完全ですね」

「金田一先生は楊祭典に共犯の疑いをもっていられたんですか」

「はあ、なんといってもコンビですからね。だから華嬢が乗って逃げた自動車に、ひょっとすると楊も乗っていたんじゃないかと思っていたんです。ところで華嬢の写真は……？」

「ああ、それは芸人ですからそうとうたくさんありました。万花堂の青田京子に見せたところが、たしかに二十五日の夜九時ちょっとまえに、バラの花束を買っていった女にちがいないというんです」

新井刑事が呈出したのは五枚の写真である。

いずれもハガキ大のブロマイドで、いつか金田一耕助と等々力警部がテレビでみたように、のどまでぴったりつまった総タイツ一枚で、壺のそばにポーズをつくっているのもあり、また、半身すでに壺のなかへ入って、むりな姿勢ながらもにっこりわらっているのもある。もう一枚も総タイツと壺の写真であった。

そして、あとの二枚がきらびやかな支那《しな》服を着て、扇をかざしている写真だが、一枚は扇をあごにあてがって、こちらへウインクを送っているななめよこから撮影した半身像。もう一枚は真正面から撮影した全身像だが、これでは扇を二枚つかっている。右手にもった扇を胸にあてがい、左手にした扇をたかくかざした、踊るようなポーズだが、金田一耕助がいつかテレビを見て楚々《そそ》たる美人と形容したとおり、なよなよとした曲線がうつくしい。

「警部さん、金田一先生」

と、山川警部補はいちまいいちまい写真を手にとってみながら、

「さっきも新井君と話をしたのですが、これで見ると華嬢というの、なかなか美人ですね」

「ふむ、テレビで見たときはさほどとも思わなかったが……これで年齢はいくつかね」

「それが正確にはわからないんですね。昭和二十年の秋、楊が神戸のヤミ市で拾いあげたとき、じぶんの年齢をハッキリしらなかったそうです。それでその年を八つとして籍をつくったというのですから……」

「じゃ、まだ二十にならないわけだね」

「それで、華嬢は学校へは……？」

この質問は金田一耕助である。

「ところが、楊が華嬢を養女として入籍したのは、昭和二十六年のことなんです。それまでは無籍者だったわけですから、学校へはぜんぜんいってないんですね。でも、読み書きソロバン、ひととおりのことはじぶんが教えたと楊はいってました」

「ところで、新井さん、この写真はどこで手に入れられたんですか」

「支那服を着ている二枚は楊のところからもってきたんですが、舞台写真はあいにく楊のところになかったので、上野の若竹でもらってきたんです。これでそうとうサイン入りブロマイドを懇望するファンがあるんだそうですね」

「そりゃ、そうだろうねえ。これだけの美形《びけい》とあっちゃねえ」

「ことにテレビへ出るようになってから、いっそう人気が出て、あちこちからお座敷もかかるんだそうですが、それでずいぶん楊がヤキモチやいてたそうです」

「華嬢はそうとう浮気をしていたんだろうね」

「いや、ところがトコトンまでいったのはなさそうだ、だけどいかにもそこまでいきそうにして、楊にヤキモチやかせてはおもしろがっていたようだ……と、いうのが席亭関係や芸人仲間の一致した意見のようですね」

「ゆうべ話のあった山藤の旦那というのはどうです？」

「いや、その男ならきょうぼくが会ってきました」

と、話を引きとったのは柴田刑事とともにゆうべから、楊を監視してきた三浦刑事である。

「その男、横山町で洋品雑貨の卸売りをやっている、そうとう大きな店の主人で、山本藤兵衛……この藤兵衛というのは代々名なんだそうで、本名は山本達吉というんですが、けさ楊がその山藤を訪問したんですね。用件は三十分ほどでおわったんですが、楊の尾行は柴田君にまかせておいて、ぼく山藤に会ってみたんです。楊がやってきたのは二十四日の晩、華嬢といっしょに上野の若竹から出たのは、山藤ではないかとたしかめにきたんだそうです。むろん山藤が否定したことはいうまでもなく、楽屋で華嬢に会って、鮨《すし》でも食いにいかないかと誘ったことは誘ったが、華嬢のほうに先約があったらしくて断わられた。だからひとりで山下の『さつき』という小料理屋へいって、十一時ごろまでチビリチビリやって、それからまっすぐ家へかえったというんです」

「『さつき』という小料理屋もたしかめてきたろうねえ」

と、そばから念を押したのは山川警部補である。

「はあ、その話はあとでします。それで山藤に華嬢との関係をきいてみたんですが、山藤はただ鮨を食いにつれていったり、お汁粉《しるこ》をおごったり、二、三度柳橋の料亭へ招いて、お座敷手妻《てづま》をやらせたりしたことがあるが、ただそれだけのことだと華嬢との関係を否定したばかりではなく、あの娘には楊祭典という男がついているから、おっかなくって手は出せませんやとわらっていました。でも、そうはいうもののけさの新聞に華嬢のことが出てますから、なんとなく不安そうでしたね」

「ふむ、ふむ、それから『さつき』へいったんだね」

「はあ、『さつき』では、山藤の旦那なら二十四日の晩の九時半ごろにお見えになって、十一時ごろまで飲んでいらっしゃいましたと、おかみも板前もハッキリ証言しています。そこでついでに山藤のことをたずねてみたんですが、そうとう遊びずきの男らしく、芸者だのダンサーだの、とっかえひっかえ連れてくるそうですが、それらの女とことごとく関係があるのかどうか、そこまではしらないと『さつき』でも逃げていましたがね、ところが……」

「ところが……？」

「ぼく妙なことに気がついたんです。これはぼくの思い過ごしか錯覚かもしれないんですが……？」

「どういうこと……？　思い過ごしや錯覚でもかまわないからいってみたまえ」

そばから等々力警部がはげますようにいうと、

「はあ、あの、ぼく生前の井川という男をしらないんですが、井川の死に顔からうけた印象ですね、なんとなく好色で、いやらしい感じ……これは井川がサディストだったということをきくまえから、そういう印象をうけたんですが、山藤と話をしているうちに、なんとなく、そういう感じをうけたんです。それに年格好や額のはげあがったところやなんかもちょっと似てますね。だから、だれかが井川が華嬢といっしょに自動車に乗っているのを見て、山藤と勘ちがいしてもむりはないと思いましたね」

「なるほど」

金田一耕助はこの若い刑事の印象批評に感心したらしく、しきりに点頭していたが、

「ときに、楊はそれからどうしたんです。山藤の店を出てから……？」

「それからまっすぐにトヨペットを走らせて、警視庁へわたしを訪ねてきたんです」

と、返事を引きとったのは新井刑事だ。

「わたしが井川家にある壺を見てほしいといっておいたもんですからね。それでわたしも楊の車に乗せてもらって、こちらの井川の家へやってきたんです。楊はあの壺を見て、たしかにじぶんが譲った壺だといってました。そのあと柴田君が依然として、楊を監視しているわけです」

これがげんざいまでの捜査の段階なのである。一同はしばらく語りつかれたようにぼんやりしていたが、その沈黙を破ったのは等々力警部である。

「金田一先生、いったいこの殺人事件の動機はなんでしょうねえ。楊にはわたしも山川君といっしょに井川家で会ったんですが、楊は表向き華嬢の犯行を否定しながらも、山猫《やま ねこ》のような女だから……と、暗に肯定するような口ぶりでもあるのです。これは新井君が席亭関係や芸人仲間できいてきたことですが、華嬢という娘、日ごろはおとなしやかで、しじゅうにこにこしているが、なにか気にさわったことがあると手のつけられないほど気性があらくなるほうで、山猫というあだ名がついてたというんですがね」

「恥ずかしめをうけた腹立ちまぎれに、山猫のような女がかっとして、井川を刺殺したというわけですか」

金田一耕助は気のなさそうな声でつぶやいたのち、

「ときに、川崎巡査は……？」

「ああ、そうそう」

山川警部補がその返事を引きうけて、

「さいわい危機は脱しました。しかし、川崎の証言はあまり重大視するわけにはいかないでしょう。なにしろ暗闇《くらやみ》のことですし、あいてはレーンコートのフードをかぶり、舌布《タング》で鼻のしたをかくし、おまけに大きな黒眼鏡をかけていたというんですからね。ただ、レーンコートのしたに支那服を着ていたらしい女……と、川崎のいえるのはただそれだけです」

「なるほど……」

と、金田一耕助はなにかを思い悩んでいるふうだったが、思いだしたように華嬢のブロマイドの一枚を取りあげて、

「それはそうと楊は壺を三つもっていたんですね」

「えっ？」

「ほら、華嬢が半身を入れているこの壺の模様はホウオウですね。いま楊のうちにあるのは唐獅子《からじし》だと、ゆうべ新井さんからうかがいましたが……」

「はあ、そのことならわたしも気がついてましたが、そのことがなにか？……」

新井刑事はさぐるように金田一耕助の顔を見ていたが、それにたいして金田一耕助はただ、

「いえ、べつに……」

と、答えただけで、あいかわらず悩ましげな目つきをかえなかった。

翡翠《ひすい》の耳飾り

五月二十八日、井川謙造の葬式が執行された。この葬式の喪主にだれがなるかということで、虎之助とマリ子のあいだにひと悶着《もんちゃく》あったが、けっきょく、ブルドッグのにらみがきいて、マリ子がその任にあたることになったのは、当然といえば当然のようなものの、虎之助にとってはこのうえもなく肚《はら》の煮えることだったにちがいない。

「警部さん、いったいこれでよいんですか。日本は法治国ではないのですか」

等々力警部が金田一耕助といっしょに午後一時ごろ顔を出すと、虎之助はふたりをひとけのないアトリエへ招いて、食ってかかるような勢いであった。

金田一耕助が虎之助に会うのはこのときがはじめてだったが、額のはげあがったところなど弟によく似ているが、さすがに戦後百姓仕事を余儀なくされているとみえて、顔も手足もみごとにやけて、薄肉色の眼瞼《がんけん》がニグロのように白く感じられる。ことばつき

や態度には尊大さと卑屈さが同居しているようだ。

「まあま、いろいろ不愉快なことはあるでしょうが、マリ子さんは法律上の妻だから……」

「いや、そのことをいうんじゃない。そのほうのことはいずれ弁護士をやとうて、黒白を争うつもりだが、わたしがこれでよいのかちゅうのは、あのブルドッグみたいな男のことです。わたしがなにかひとことというと、あの男が肩ひじいからせてすごみくさる。しかも、これほど大勢警察のかたが詰めておいでになりながら、それをどうにもできんちゅうのはどういうこってす」

「梶原譲次がなにか理不尽《りふじん》なことでもいったり、したりしましたか」

「ああ、その……いや、なに、あんたがたがマリ子を謙造の妻とみなされるなら、やむをえんことかもしれんが……」

と、虎之助はちょっとしょんぼり肩を落としたが、すぐまたムキになって歯をむきだし、

「それにしてもわたしゃ不愉快だ、不愉快で、不愉快でたまらん。こういうとな、あんたがたはわたしのことを、欲張りの強突《ごうつ》くおやじとお思いだろう、そう思われてもわたしゃかまわん。かまいはせぬ。だがなあ、警部さん」

「はあ」

「ここに道理ちゅうもんがある。これがせんの家内の治子なら、わたしゃ謙造の財産一

切をやりたい。いっしょに泣いて慰めてやりたい。あれはようできた女で、気むつかしい謙造のお守りをして、長年辛抱してきた女だ。そのためにとうとうじぶんの体をそこなったくらいの女だからな」

虎之助のこのことばには、多少なりとも真実性があるのか、こうため息をついたとき、かれの目には涙がたまっていた。

こういうときの虎之助を金田一耕助は哀れに思った。むろんそれはマリ子にたいする反感から、反動的に治子のよい思い出を誇張してあたためているだけで、これが治子だったとしても、やはりいまとおなじようにいがみあったかもしれないのだが。……

だが、虎之助はすぐにその感傷をふりきると、

「しかし、あのマリ子という女だけは、わしにはどうにもがまんがならん。あんたがたはすっかりあの女にまるめこまれているんだ。わしの目には狂いはない。あの女が犯人なんだ。あの女めが謙造の財産をねらいくさって……」

と、虎之助はまたいきり立っていいつのっていたが、急にはっと口をつぐんで顔色をかえた。

その視線に気がついて、金田一耕助と等々力警部が、母屋へ通ずるドアのほうへ目をやると、そこに立っているのはマリ子と敬一である。マリ子の背後には例によってブルドッグの譲次が、番犬然としてひかえていて、すごい目を光らせている。

「おい、そこのじいちゃん。おまえちょっとおノーが弱いんじゃねえのか。なんべんお

いらがいってきかせたら腹に入るんだ。首根っ子でも折らなきゃ……」

マリ子と敬一をかきわけて、まえへ出ようとする譲次の腕を、すばやくマリ子がそばからとらえて、

「譲次、よして。……乱暴しちゃいや！　絶対に乱暴しないという約束でいっしょにきてもらったのじゃない？　乱暴するようだったらかえってもらいます」

「だって、マリ子、あのじじい、いつまでたっても性懲《しょうこ》りもなく……いっぺん手脚をひっぺし折ってやらなきゃ……」

「いやよ、いやよ、そんな乱暴しちゃ……そんなことしたらあたし二度と口をきかないわよ」

「ああ、いや、奥さん」

と、等々力警部がたまりかねたように声をかけた。

「なにかわれわれに用事でも……」

「はあ、あの、あたしよりもここにいらっしゃる敬一さんが、警部さんに申しあげたいことがおありだそうです」

「ああ、そう、そんならわしは失礼しよ」

虎之助はただならぬ敵意を瞳のうちにもやしながら、こそこそとベランダから庭へ出ていった。そのうしろ姿にありありうかがわれる無念残念やるかたなさが、金田一耕助には笑止でもあり気の毒でもあった。

そのうしろ姿を見おくって、等々力警部は敬一のほうに笑顔をむけると、

「敬一君、わたしに話というのはどういうことかね」

「はあ、あの、あたし……」

敬一は縞《しま》の着物の胸に喪章をつけているが、呉服屋の店員などによくみられるように、物腰や口のききかたに、たぶんに女性的なところがあった。警部の権威にけおされたのか、おどおどとどもるような口のききかたで、

「あたし、けさほど裏の麦畑でこんなものを拾ったんですけれど……」

と、敬一が鼻紙をひらいてみせたのは、なんと翡翠《ひすい》の耳飾りのかたっぽではないか。

等々力警部ははっと金田一耕助と顔見あわせると、

「敬一君、裏の麦畑のどのへんで……？」

「そこの裏口を出てすぐですの。往来のほうへ五、六歩いったところの麦畑のはしっこに落ちていたんですけど、あたしそれについてちょっと不思議に思ったんですの」

「不思議というのは……？」

「いいえ、あたしきのうもなんべんも裏口を出て、麦畑のそばを通りましたのよ。でも、そのときにはこんなもの落ちていなかったように思うんですけれど、でも、やっぱりあたしの見おとしだったんでしょうねえ」

「敬一君はどうしてそれを見おとしたと思いますか」

と、この質問は金田一耕助である。

「はあ、あの、ゆうべいっときはげしい雨が降りましたでしょう。この耳飾りだれかが落として、落としたあとを踏んだので、土のなかへめりこんでいたのを、ゆうべの雨で洗いだされたんだと思うんですの。ちょうどそんな格好で、土のなかからのぞいていたんですの」

「ああ、なるほど。だけど、敬一君」

と、金田一耕助はにこにこしながら、

「君はきのう偶然、なんべんも麦畑のそばを通ったの？　それともなにかを探していたんじゃないの？」

金田一耕助の質問に、敬一はきめのこまかい色白のほおにさっと朱を走らせると、おどおどとはにかみながら、

「あたしなんとかして証拠の品を見つけたかったんですの。犯人をつかまえて罰していただきたいんですの。それでないと先生、あまりお気の毒でございますもの……」

「そうそう」

と、金田一耕助は思いだしたように、

「君はせんの奥さんのお世話で紅屋へ奉公にあがったんだってね」

「はい」

「それまで君もこの家で世話になったの」

「はい、ここで二年お世話になって、夜間ですけれど中学を出していただいたんですの」

「それじゃ、敬一君もしってるだろうと思うが、この北側のドアや裏口ができたのはそのころなんだろう」

敬一はそれに答えるかわりに、火がつきそうなほどまっかになった。きめがこまかく、色が白いだけに、赤面するといっそう強く目立つのである。

「金田一先生」

と、そのときそばから気の毒そうに口をはさんだのはマリ子である。

「まだお若い敬一さんに、そのようなことおたずねになるのはいかがでしょうか。敬一さんもたぶん井川の素行はご存じだったと思いますけれど、このかたとしてはおっしゃりにくいんじゃございません？」

「ああ、なるほど、それはごもっともですね。それじゃ、警部さん」

金田一耕助が目くばせすると、等々力警部はうなずいて、

「つまり、敬一君はお世話になった先生の敵討ちをしたい。それにはなにか犯人の遺留品はないかと探しているうちに、とうとうこれを見つけたというわけだね」

「はい」

「そのほかになにかいうことはない？」

「いいえ、それだけでございます」

「ああ、そう、それでこの耳飾りを拾った場所をおぼえてるだろうね」

「はい、目印に棒をさしておきましたから」

「ああ、そう、それじゃ、ちょっとそこへ案内してくれたまえ」

と、等々力警部は席を立ってから、マリ子のほうに気がついて、

「奥さん、あなたなにか……？」

「はあ、あの、あたしちょっと警部さんや金田一先生に、ご相談申しあげたいことがございますの」

「ああ、そう、それじゃここで待っていてくれたまえ。すぐかえってくる」

敬一は女のようによく気がつく性分とみえて、そのあいだにベランダのほうへ脱ぎすててあった、金田一耕助と等々力警部の履物《はきもの》を北側のドアの外へまわしていた。

等々力警部は会葬者のなかにまじって、芝生のむこうにいる山川警部補をさしまねくと、翡翠の耳飾りを見せてかんたんにわけを話すと同行を求めた。

山川警部補がおどろいて、なにかいおうとするのを、金田一耕助がおさえつけるように、

「山川さん、これはひとつ部下のご連中にお灸《きゅう》をすえなきゃいけませんぜ。こんな重大な証拠を見おとしていたんですからな」

と、そういい捨てると飄々《ひょうひょう》として等々力警部といっしょに北側のドアから出ていった。

敬一が翡翠を見つけたという場所は、裏口から往来までのあいだの中間あたりで、五センチほど麦畑の畝のなかへ入ったところであった。

山川警部補がまた激昂《げっこう》したように、面に朱を走らせてなにかいおうとするのを、金田

一耕助がすばやくさえぎって、

「いや、敬一君、ありがとう。もういいから君はむこうへいっててくれたまえ。われわれはもう少しこのへんを探してみるから……」

敬一が頭をさげていきかけるのを、

「ああ、ちょっと」

と、もういちど呼びとめると、

「奥さんにはすぐいくからといっといてくれたまえ。こっちへ出てきて捜査のさまたげをしたりしないようにって」

敬一の姿がアトリエのなかへ入ってしまうと、金田一耕助は山川警部補のほうへむきなおって、

「山川さん、あなたのおっしゃりたいことはよくわかっています。このへん厳重に調べたが、翡翠なんかどこにもなかったとおっしゃりたいんでしょう」

山川警部補は無言でうなずいた。

「ぼくもあなたと同感なんです。ぼくじしんが二十六日の午後、このへんいったいをノミ取りまなこで探したんですからね」

「金田一先生！」

等々力警部もようやくこの耳飾りの出現に、世にも重大な意味があるらしいことに気がついて、思わず声がたかくなりそうなのを、やっとのことでおさえると、

「それじゃ、われわれがここを捜索したあとで、だれかが故意にここへもってきておいていったとおっしゃるんですか」

「そうとしか思えませんね。二十六日の午後にはここになかったのですから」

「金田一先生！」

山川警部補も声をころして、

「それはいったいだれなんです。ひょっとするとあの敬一じしんじゃありませんか」

「山川さん、その耳飾りはいちおう万花堂の青田京子嬢に見てもらう必要がありますね。女のことですからよくおぼえてるにちがいありません。そして、もしそれが二十五日の晩、華嬢が身につけていた耳飾りだとしたら、二十五日の晩以降、華嬢と接触をもった人物が、きのうからけささへかけてのあいだに、この家……あるいはこの家のちかくにやってきたということになりますね」

「金田一先生、それ、楊じゃありませんか。楊祭典はきのうここへやってきたのだが……」

「山川さん、楊はこの裏道を通りましたか」

「いや、楊はこっちへこなかったはずです。だが、警部さん、念のために新井君にきいてみたら……？　楊は新井君がつれてきたんですから」

「新井ならどこかにいるはずだ」

「わたしが呼んできましょう。玄関の受付のあたりにいました」

「警部さん、それじゃそのあいだわれわれは、もういちど麦畑のあいだを、ノミ取りまなこで探してるふうをしていようじゃありませんか」

麦はそろそろ収穫期をひかえて、腰のあたりまでのびていた。金田一耕助と等々力警部が、ザワザワとそのなかへ入ってほっつきまわっているところへ、山川警部補が新井刑事をつれてきた。

新井刑事もみちみち話をきいてきたとみえて、興奮の色をおもてにあらわし、

「警部さん、金田一先生、楊がこっちへきたなんてこと絶対にありません。わたしは楊を玄関わきのしおり戸から芝生をとおって、南側のベランダから、このアトリエへつれて入ったんです。かえるときもおなじでした。わたしは門の外でわかれたんですが、楊はそのままトヨペットに乗って立ちさったんです。そのあとを柴田君が尾行していったんですから、楊がまたひきかえして、このへんをほっつきまわっていたとしたら、当然、柴田君から報告があるはずです」

と、べらべらとひと呼吸にまくしたてた。

「楊はそのとき家人のだれかに会いましたか」

「いいえ、だれにも会いません。壺を見ただけでかえっていったんです。十分くらいきゃこのアトリエにいなかったでしょう」

「この事件の関係者にはそれぞれ監視がついてるんでしょう」

「ああ、それはつけてあります」

と、これは等々力警部の返事である。

「この家はいうまでもなく、マリ子にも譲次にも監視をつけてあります」

「敬一は……？」

「敬一……？」

等々力警部と山川警部補、新井刑事の三人が、異口同音に口走った。

「金田一先生、敬一にも監視をつけておく必要があるとおっしゃるんですか」

「宮武たけのせがれですし、それにこの事件に異様な関心を示しているようですからね」

「承知しました。新井君、さっそく手配りをしてくれたまえ」

「ところで、山川さん、宮武たけはアトリエのなかの支那服の女について語ったとき、耳飾りのことをいってましたか」

「さあ、いま記憶にありませんが、いちおう記録を調べてみましょう。なんだか耳飾りのことはいってなかったようですね」

「じゃ、もういちどたしかめてごらんになるんですね」

「ところで、金田一先生」

と、等々力警部は渋面をつくって、

「この耳飾りのことは報道関係の連中に、どう発表したもんでしょうな。われわれが見おとしてたってことになると、またガヤガヤとやられるんですが……」

「じゃ、ガヤガヤとやっていただくんですな。損して得とれということもあるじゃありませんか」

「ああ、そう」

と、等々力警部はかんたんにうなずいて、

「じゃ、山川君も新井君もそのつもりで……土のなかへ埋まっていたので、いままで見おとしていた、したがって捜査当局の一大黒星であアると書きたててもらおうや」

衆議一決したところで、

「そうそう、山川君、マリ子がなにかわれわれに相談があるというんだ。君もいっしょにきたまえ。新井君」

「はあ」

「君はご苦労でももうしばらく、このへんを探してるふうをしていてくれたまえ」

「承知しました」

山川警部補をともなって、金田一耕助と等々力警部が、アトリエのなかへかえってくると、マリ子と譲次がさっきのところで、さっきの姿勢のままで待っていた。

マリ子はちょっと物問いたげに目をあげて、三人の顔を見まもっていたが、さすがに口に出してはきかなかった。

等々力警部もわざと耳飾りの問題にはふれず、

「やあ、お待たせいたしました。それで、奥さん、われわれにご相談とは……？」

「はあ、あの、それが……」

と、マリ子はいかにもいいにくそうに、

「じつはこれ、鈴木先生のアドバイスなんでございますけれど……」

「鈴木氏のアドバイスってどういう……？」

「はあ、先生はあたしにこの家へかえるべきだとおっしゃるんです」

「ああ、それは当然ですね。あなたは井川氏の妻……いや、未亡人なんだからね」

「はあ……ところが母屋のほうにはお兄さまがいらっしゃいますでしょう。あたし井川の遺産を相続したからって、ひとり占めにするつもりはございませんの。井川の近親者のひとたちにも、そうとうのことをするつもりなんですけれど、お兄さま、すっかりあたしを誤解していらしって、ぜんぜんあたしの話に耳をかたむけてくださいません。それで母屋のほうにはいづろうございますから、当分このアトリエのほうへきたらどうかと思うんですけれど……」

「マリ子、駄目だよ、駄目だよ、そんなこと……！」

この話、譲次とはまだ打ちあわせてなかったとみえて、とつぜんブルドッグがほえ立てた。

「そんなことおれが許さんよ。マリ子、ここをどこだと思うんだ。おまえのせんの旦那さんが殺されたところだぜ。そんな気味の悪いとこへきて住むつもりか」

「だって、譲次、それが鈴木先生の命令なのよ。あらかじめあなたに相談しなかったのは悪かったけど、相談するときっと反対されると思ったの。譲次、あたしのことは心配しないで。ねるときにはそこのドア、こちらから鍵《かぎ》をかけとくから、お兄さま……いえ、あの、だれだってなんにもできやしないし、あたし、じぶんの身くらい守れてよ」

「だけど、だけど、おれはどうしてくれるんだ」

「だから……」

と、さすがにマリ子はほおをあからめて、

「ときどき逢《あ》いにきてくれればいいじゃないの。あの裏口からきてくれれば母屋を通らなくてもすむんですもの」

この提案にブルドッグもいくらか顔色をやわらげて、

「おまえ、あの二階の部屋へねるつもりか」

「まさか……それにベッドだってあれじゃ気味が悪いから、母屋からダブルベッドをもってこようと思うの。ここならトイレもついているし、電気もきてるし、あなたに買っていただいた炊事道具いっさいもってくれば、なんとかやっていけると思うのよ」

「ダブルベッドをもってくるのかい」

なんといってもこれが譲次にとって、いちばんだいじなこととみえて、ひとまえもはばからず念を押したのには、金田一耕助も等々力警部も、さては山川警部補も苦笑せずにいられなかった。

「ええ……」

と、マリ子は耳たぶまでまっかになって、

「だから、承諾してくださるでしょう」

「ならいいや。いまのアパートおんぼろすぎて、ガタガタミシミシ、物すごい音を立てやがンで、気がひけていけねえかンな」

こういうことを真顔でいって、ケロリとしている男なのである。

「警部さま」

と、マリ子はあらためて等々力警部のほうへむきなおると、

「いまお聞きのとおりなんですけれど、いかがでございましょうか。あたし、お許しのない限り、このアトリエのなかのものに手をつけるようなことはしないつもりなんですけれど……」

等々力警部はあいての肚《はら》を読みとろうとするかのように、マリ子の瞳《ひとみ》を凝視しながら、

「それをとめる権利はわたしにはありませんね。あんたはこの家の未亡人なんだから」

「ありがとうございます」

マリ子はていねいに頭をさげた。

そういう話のあいだじゅう、金田一耕助は飾り棚《だな》のまえに立って、物珍しそうに陶器の壺だの皿だのを、いちいち手にとってしかつめらしく鑑賞していた。


井川はどんな証拠を……？

その日もとうとう華嬢のいくえはわからなかった。華嬢のみならず、華嬢の乗っていったヒルマンも、どこからも発見されなかった。

この広い大都会のことだから、華嬢ひとりがどこかへもぐりこむということは不可能ではない。しかし、自動車ごと消えてしまうというのは不可解だった。むろん車体ナンバーも公表されて、ひろく大衆の協力が要請されたが、それにもかかわらず、どこからもその車を見たという届け出はなかった。

翡翠の耳飾りはブロマイドと照応の結果、だいたい華嬢のものにちがいないと思われたが、念のために楊に見せると、楊も言下にそれを華嬢のものと断定した。舞台へ立つ華嬢は、イヤリングも十数種類もっているそうだが、翡翠の耳飾りはその一対だけだということである。

万花堂の青田京子嬢も、その耳飾りをみると即座に、二十五日の夜九時ちょっとまえに、バラの切り花を買っていった女客が、耳につけていたものにちがいないと証言した。

宮武たけは宮武たけで、二十六日の朝アトリエのなかにいた支那服の女が、耳飾りをつけていたということを申しあげたかどうか忘れたが、そういえばたしかに耳飾りをつけていたようにおぼえている、しかし、それがどのような耳飾りであったか、そこまではわからなかったという申し立てだったが、それはむりもないところであったろう。

だから、その翡翠の耳飾りが華嬢のものであることは、もう間違いはなかったし、また二十五日の夜、あのアトリエを訪れたとき、彼女が身につけていたことも疑いのない事実らしいのだが、しかも、それは華嬢がそこから逃げだすとき、あやまって落としたものではなく、だれかがあとからもってきて、そこへおいていったものなのだ。

なぜそんなことをやったのか……？　それを考えることはしばらくおくとしても、この事実からして、華嬢の逃走潜伏後も、だれかが華嬢と接触をたもっていることだけはたしかである。いったいそれはだれなのか……？

だが、その問題はしばらくさきへ譲るとして、井川謙造の葬式のあった五月二十八日の夕方、金田一耕助は等々力警部をうながして、築地《つきじ》の北川法律事務所へ鈴木弁護士を訪れた。

築地二丁目にある北川法律事務所は、東京でも一流の部で、所長の北川弁護士は、民事にかけては一流中の一流である。

あらかじめ電話をかけておいたので、受付で名刺を通ずると、すぐにふたりは応接室へ案内された。よく整頓《せいとん》されて、清潔で、きちょうめんな応接室であった。

「やあ、どうも」

ほとんど待たせることなく、応接室へ入ってきた鈴木弁護士というのは、肥《ふと》り肉《じし》の血色のよい男で、言語動作がキビキビとして、開放的なところに好感がもてた。

ひととおり挨拶《あいさつ》をおわったあとで、

「いえね、金田一先生」

鈴木弁護士は安楽いすから半身のりだすようにして、

「マリ子からあなたがこの事件に関係していらっしゃると聞いて、早晩お目にかかれるだろうと楽しみにしていたんですよ。あなたのおうわさは加納先生（注―「女王蜂」参照）からよくうかがってましたからね」

「いや、どうも。あの先生、だいぶあちこちでわたしのことを宣伝してくださいます。それほどの男でもないんですがねえ」

「それはごけんそんですね。いやね、警部さん」

「はあ」

「わたしマリ子にいっときましたよ。なにかうしろ暗いところがあったら、さっさとどろを吐いときなさい。金田一先生にかかったらとってもかないっこないんだからって」

「いや、そのマリ子君のことなんですがね」

と、金田一耕助はさっそく話の糸口をつかんで、

「あなた昔からあのひととごじっこんなんですか」

「いや、じっこんというほどではありませんが、以前『赤い鳥』で働いてたじぶんから、しってることはしってたんです。マリ子というのが不思議な女でしてね」

「不思議とおっしゃると……？」

「いやね、あの娘と一対一で会ってよくよく見ると、なかなか美人なんですね。ところがキャバレーみたいなはでな世界へおいとくと、これがいっこうはえない存在なんです。だからあの娘がいつのまにか『赤い鳥』から消えてしまっても、わたしいっこう気にも

とめなかったんです。ところがことしの三月の下旬でした。ブルドッグがあの娘をつれて、なんとか力になってやってほしいって、この事務所へやってきたんです。ブルドッグ、ご存じでしょう。ボクサーくずれの梶原譲次です」

「ああ、あの男、ブルドッグというあだ名があるんですか」

「ご存じなかったですか。あの男ボクサー時代ブルドッグの譲次で鳴らしていた男です。そのじぶんからわたしヒイキでしてね、あの男の赤ん坊みたいに単純なところが気にいって、なんとかして選手権をとらせたいと力こぶをいれてたんですが、あれ、ご面相に似合わず気の弱いところがあって、けっきょく選手権は駄目でした」

「ああ、そうするとあなたはマリ子君より譲次君のほうを、よくご存じなわけですね」

「そうです、そうです。正直いってマリ子のほうはあんまりよくしらないんです。ただあのブルドッグがひたむきにほれちゃって、苦しいなかを身銭を切ってめんどうみている。しかもまだ肉体的関係はないという。そういうプラトニックなところにほだされて、それじゃいくらかでも慰藉料《いしゃりょう》をとってやろうという気になったわけです」

「ところで、井川氏のほうでは弁護士を立てずに、万事あなたと直接交渉だったそうですね」

「はあ、弁護士を仲にいれると、いろいろふんだくられるという考えかただったようですね」

「それじゃ、井川氏には井川氏なりに、マリ子君についてなにかいいぶんがあったと思うんですが、どんなことをいってたか、それを打ちあけていただくわけにはいかんでしょうか」

鈴木弁護士はいたずらっぽい微笑をふくんで、

「金田一先生、マリ子はわたしの依頼人なんですよ。依頼人の不利益になるようなことを、弁護士として申しあげるわけにはいきませんな」

「しかし、鈴木先生」

と、金田一耕助は心配そうにまゆをひそめて、

「なるほどケースとしてはマリ子君があなたの依頼人ですね。しかし、あなたの心理的な依頼人はマリ子君じゃなくて、譲次君じゃないんですか。と、すると譲次君の利益を第一に考えてあげるのが、情誼《じょうぎ》というもんじゃないでしょうかねえ」

金田一耕助のこの発言に、鈴木弁護士ははっとしたらしかった。いや、これは鈴木弁護士のみならず、等々力警部もおなじことで、ぎょっとしたように金田一耕助の顔を見なおした。

「金田一先生、そうすると譲次がマリ子とああいう関係になったということは、譲次のためにならないとおっしゃるんですか」

「鈴木先生、マリ子は井川氏と離婚訴訟中で、しかも、そうとう莫大《ばくだい》な慰藉料を請求中でしたね。そういう女性が離婚も成立しないうちに、他の男と関係するということは、慰藉料を請求するうえにも、ひじょうに不利になるというようなことを、あなた譲次君

やマリ子君に注意なさいませんでしたか」

「いや、それは、もちろん注意しときましたよ。その点くれぐれも気をつけるようにって」

「それにもかかわらずマリ子君は譲次君に体を許した。だけどその晩うまく井川氏が殺害されていたからちょうどよかったわ……と、いうんじゃ、偶然としても話がうますぎるとお思いになりませんか」

「金田一先生」

鈴木弁護士のおもてには、急に憂色がふかくなってきた。

「もちろん、わたしもその点を考えましたよ。それで譲次にいろいろ聞いてみたんですが、マリ子のアリバイは完全なようだし、それに新聞でみると捜査当局の追求は楊華嬢という女にしぼられてるようですが……」

「それはあなたのおっしゃるとおりです。しかし、捜査当局としてはいろんな角度から、捜査を進めていく必要があるということくらいは、あなたもご存じだと思います。ことに華嬢の動機が弱いこんどのような場合には……」

と、金田一耕助はあいての瞳を凝視しながら、静かな声で話しかけた。

「いかがでしょう。捜査にご協力願えないでしょうか」

鈴木弁護士はたしかに心が騒ぐふぜいであった。かれとてもマリ子にひとつの疑惑をもっていたにちがいない。それが譲次の弁護と証言で、いちおう埋もれ火みたいになっていたのを、いま金田一耕助が息をふっかけて、ふたたびもえあがらせたのである。

「金田一先生」

と、鈴木弁護士も金田一耕助の瞳を凝視しながら、

「加納先生のお話によると、あなたはなかなか手のうちを見せないかただそうですね。だからここであなたがマリ子にたいして、どういう疑惑をもっていらっしゃるのか、おたずねしてもむだなんでしょうねえ」

「わたしはただ、マリ子君が譲次君に体を許したその晩に、井川氏が殺害された……と、ただそれだけしか疑惑はもっておりません。いや、たとえそれ以上の疑惑をもっていたとしても、それはまだ申しあげる段階ではございません」

「あなたはいつもずるくていらっしゃる。じぶんの手のうちを見せないで、こちらの手のうちを見せろとおっしゃる」

「しかし、それが市民の義務だとお思いになりませんか」

「あっはっは、とうとう市民の義務をもちだされた。いや、承知しました。しかし、金田一先生」

「はあ」

「わたしの申しあげることがどのていどに参考になるか、それは保証できませんよ」

「それはわれわれの判断におまかせください」

「なるほど、それはそうでしたね。それでは……」

と、鈴木弁護士はポケットから手帳を取りだすと、そのページを繰りながら、

「譲次がはじめてマリ子をここへつれてきたのは、三月の二十八日のことでした。そのときいろいろ話をきいたんですが、わたしあんまり気がすすまなかったんです。マリ子という女をよくしらなかったし、井川氏との夫婦関係がどんなふうだったのかわからなかったですからね。ところがわたしほとんど毎日、かえりに『赤い鳥』へよるんですね。べつに……」

と、鈴木弁護士は自嘲《じちょう》するように笑って、

「お目当てがあるというわけじゃなく、ひとつの習慣というか惰性みたいになってるんですね。ところが会うたびに譲次がやいやいねだるんです。譲次としては慰藉料なんて考えてなく、とにかくマリ子を自由の身にして、結婚したいって考えかたで、マリ子も離婚が成立したら夫婦になろうと、ほのめかしてあったようですね。それでだんだん譲次がいじらしくなってきて、それじゃ、ともかく井川氏に会うだけは会ってみようと、第一回目の会見をしたのは四月八日のことで、場所は『赤い鳥』でした」

と、鈴木弁護士は手帳を繰った。

「そのときの井川氏はマリ子に未練たっぷりで、離婚なんていわないで、なんとかマリ子を説き伏せてもとの鞘《さや》におさめてほしいと、哀訴歎願せんばかりなんですね。そのじぶんまだ井川氏がサディストだったということを、わたししらなかったものですから、譲次やマリ子の話とだいぶんちがうと、わたしもとまどいしたわけです。だから、その

ときはなんの結論もえられず、むしろ井川氏にたいして同情的になっちまって、あとでだいぶん譲次にうらまれたわけです」

「慰藉料の一千万円を切りだしたのはあなたなんですか」

「とんでもない。井川氏にはじめてあった四月八日には、あのひとが億にちかい財産をもってるひととはぜんぜん気がつかなかったんです。弁護士としてはうかつな話ですがね」

「じゃ、それをいいだしたのは……？」

「もちろんマリ子ですよ。譲次って男は女にそんな入れ知恵のできるような男じゃありませんからね」

「じゃ、井川氏が億にちかい財産をもってる人物だ、と、いうことをしっていたのもマリ子なんですね」

　こう念を押したのは等々力警部である。警部の瞳が異様に光っていたのは、マリ子が詳しいことはしらないといっていたのを思い出したからである。

「それはもちろんそうですよ。マリ子がそれを切りだしたのは、四月二十日のことでした。つまり井川氏との第一回の会見で、わたしがいっこう要領をえなかったので、業《ごう》を煮やしたらしいんですね。わたしもそれにおどろいて、いちおう井川氏の財産を調査したんです。この調査に一週間かかって、マリ子のいうことに間違いないとわかったので、いちおう彼女のいいぶんを書類にして、井川氏に送ったのが五月一日のことでした」

「井川氏もだいぶんおどろいたでしょうねえ」

「はあ、さっそく電話で会見を申しこんできたので、第二回目の会見をしたのが、五月の五日で、そのときの井川氏はまえとすっかり態度がかわっていて、マリ子にぜんぜん未練がなくなっていたようです。別れるなら別れてやってもいいが、慰藉料などとはもってのほかというけんまくで、だいいち婚姻届けからして違法だなどといいだすしまつ。これは第一回の会見には出なかったことですから、わたしが突っこむと支離滅裂なんですね。そして、さいごにマリ子には男がある。その男は譲次だというんです。それで、わたしが譲次とマリ子とのあいだに肉体的関係があるという、ハッキリとした証拠があれば、じぶんはこのケースから手を引くといったんです。そしたら、しばらく時日をかしてほしい、きっと証拠をあげてみせるから……と、そこで第二回の会見をおわったわけです。それですから譲次とマリ子の双方に、いっそう自重するようにいっておいたんですがね」

「それで、第三回目の会見は……？」

「いや、会ったのは二回だけです。ところが五月十九日の夕方でした。井川氏から電話がかかってきて、マリ子にはたしかに情夫があるれっきとした証拠をつかんだから会いたいというんです。ところがちょうどその晩、わたしは北川先生のお供で東京をたって関西のほうへ出張することになっていたので、会見を帰京後までのばしてくれるように頼んだんです。そしたら、おまえの出張中にマリ子と示談にしてもいいかというので、それはどうぞごかってにと返事をして電話を切ったんです」

「そのとき、マリ子の情夫がだれかというようなことは……？」

「いや、わたしはてっきり譲次のことだと思ったので、べつに念を押してききもしなかったんです」

「それで、証拠というのは……？」

「それもききませんでした。なにしろとても忙しくしていたときだったものですからね」

「それで、帰京なすったら、マリ子が示談にしたいといいだしたんですね」

「そうです、そうです。わたし二十五日の朝帰京して、ここのかえりに『赤い鳥』へよったんです。そしたら譲次がやってきて、うまいぐあいに示談が成立したそうだ。それについてお礼に一献差しあげたいとマリ子がいっている。これからいっしょにいってほしいというんです。わたしゃ気がすすまなかったんですが、譲次がたってというもんですから、ひとりじゃいやだといって秋山美代子を引っぱっていったんです」

「マリ子は示談にしたいきさつを話しましたか」

「いいえ、いいませんでしたし、こちらもきかなかったんです。はじめっからわたしこの話、乗り気になれなかったし、第一謝礼も報酬もきめてなかったくらいですからね。ただ、マリ子がいろいろお世話になったが、井川と話しあいの結果、円満に離婚することになったから、手を引いてほしいというんで、そりゃよかったで、あとは麻雀《マージャン》をイーチャンやって美代子といっしょにアパートを出たんです。そのときマリ子がすっかり酔っぱらっちまって、譲次にのこって介抱してほしいっていいだしたので、別れるときわたしは譲次にそっと注意をしといたんです。どういう条件で示談にしたのかしらないが、いくらかでも金を出させるつもりなら、金を受け取ってしまうまでマリ子に手を出すな。井川という男もそうとうしたたかものらしいからってね。この事件でわたしがしってるのはそれだけです」

「そのとき、譲次君は酔ってなかったんですか」

「とんでもない。ブルドッグ先生、マリ子の別れ話が円満にかたづいたので、笑いがとまらないという格好で、飲むわ、飲むわですっかりご酩酊《めいてい》だったんです。だから、いっそうまだ当分、マリ子に手を出さないようにと注意したわけですね」

鈴木弁護士からしりえたのは、だいたい以上のとおりだったが、それでも金田一耕助にはだいぶん参考になったらしかった。

井川謙造はマリ子に情夫がある証拠をつかんだというが、それははたして真実だったか。真実だったとするとそれはどのようなものであったか……?

このことは等々力警部にも、そうとうふかい感銘をあたえたようである。

れっきとした証拠

楊華嬢のゆくえは二十九日になってもわからなかった。華嬢のみならず華嬢の乗って逃げたヒルマンさえもどこからも発見されたという報告はなかった。

はじめ自動車で逃げているだけに、発見も時間の問題とたかをくくっていた捜査本部では、二十九日ごろからしだいに焦燥の色を示しはじめた。

華嬢ひとりならともかく、自動車も発見されないというのはどういうことなのだろう。自動車はひとしれず、どこかのガレージにしまいこまれているとしか思えないが、それだとすると華嬢をかくまっているものがあるはずだった。そこで華嬢のヒイキや知人たちが、シラミつぶしに調べられたが、いっこう効果があがらなかった。

マリ子が井川家のアトリエへ引っこしてきたときいて、金田一耕助が等々力警部とともに訪れたのは、二十九日の午後四時ごろのことである。ちょうど引っこしがおわったところで、ブルドッグの譲次が嘻々《きき》として手伝っていた。

マリ子は中二階のしたを寝室にするつもりらしく、そこにあったいすテーブルをアトリエの中央へもちだして、そのあとにダブルベッドがすえてあった。そして、せりだした中二階のはしに、カーテンを引く針金を張るのに譲次はおおわらわだった。

「やあ、すっかり新世帯気分だね」

等々力警部がからかうと、

「ところがねえ。旦那《だんな》、マリ子ったら殺生なんですよ」

「殺生とは……？」

「せんの旦那がお亡くなりになったばかりだから、ここへくるのはいいが、当分泊まっていったりしちゃいけないというんです。それじゃなんのために夫婦ンなったのかわからねえじゃありませんか。ねえ、金田一先生」

だが、口では不平たらたらだが、譲次はいかにも幸福そうだ。マリ子は無言のままふたりにちょっと頭をさげただけで、アパートから運んできたものの整理に余念がなかった。

「そりゃ、奥さんのおっしゃるのが当然だ。ふつうこんな場合、一周忌がすむまで慎しむのが当然じゃないか」

「一周忌……？　そ、そ、そんな殺生な」

と、あわをくったように踏み台を踏みはずして、譲次は大きな音をたててしりもちついた。

「まあ、そそっかしいひとねえ。もっと落ちついてちょうだい」

マリ子の姉さんぶった口調のなかには、適当の甘さがあって、それが譲次をうれしがらせるのであろう。

「だって、マリ子、いま警部さんがあんなことをおっしゃったが……」

「からかってらっしゃるのよ、警部さん」

「じゃ、おまえもっと早く……」

「譲次。そんなことひとまえでいうもんじゃないのよ。あとでゆっくりふたりで話しあいましょうねえ。警部さんのおっしゃったようなこと、いまどきはやらないんじゃない？」

「うっふっふ、そうか、そうか」

「あっはっは、警部さん、われわれがいちゃお邪魔のようだ。馬にけられないうちに退散しようじゃありませんか」

　このまえはあんなに熱心に陶器を鑑賞していた金田一耕助だのに、きょうは飾り棚のほうへは見むきもしなかった。

　母屋へ通ずるドアには鍵がかけっぱなしになっているので、ふたりはあらためて表へまわって、玄関から虎之助を訪れたが、そこでは三十分にわたって虎之助のぐちをきいたにすぎなかった。虎之助にもマリ子の絶対有利な立場がわかってきて、すっかり気落ちがしているようであった。

　金田一耕助は話の途中で席を立って厠《かわや》へいったが、そのついでにアトリエに通ずるドアのこちらがわを見ると、ガラクタ道具がいっぱい積んであった。

あとで虎之助にきくと、告別式の邪魔になる道具を宮武たけがそこへかたづけたのだということだった。

　宮武たけは茶をくんできただけで、すぐ姿を消してしまったが、あいかわらず白い星の入った片目が、このひとの表情を読みとりにくいものにしている。きょうは敬一はきていないらしい。

　そこを出て駅前のソバ屋へ入った金田一耕助と等々力警部は、カレーライスを一杯ずつ食べたが、警部はそれだけでは満足できなかったとみえて、ざるソバを一杯追加して、あいかわらず食欲の旺盛《おうせい》なところを示した。

午後六時から成城署の捜査本部では、また捜査会議がひらかれた。終日各方面で捜査活動をつづけてきた刑事たちが、それぞれ情報をもちよって、一同で検討をくわえるのである。

楊華嬢と彼女を乗せて逃げたヒルマンのゆくえが、依然として不明であることはまえにも述べたとおりだが、その夜の捜査会議ではかなり重要な発言があって、捜査当局の注目をひいた。

その第一は新井刑事の報告である。

「警部さん、あの楊祭典というのは食わせもんです。わたしもまんまと一杯ひっかかりましたよ」

「食わせもんというのは……?」

「あいつほんとは日本人なんだそうです。あいつのおやじの先代楊祭典が、大正の中期に日本へ渡ってきたとき、桃郎という息子をつれていたことは事実なんです。ところがその桃郎というせがれが死んだので、日本人の子どもを弟子にして仕込んだうえ、のちには自分の養子にして桃郎を名乗らせたのがあいつなんです。そのことは古い芸人や席亭関係の連中は、みんなしってるんで、だからこそ戦争中も敵国人扱いはうけなかったそうです。そんなときにはあの男、はっきり日本人と名乗るんだそうですが、こんどみたいな事件になると、中国人で逃げるんだそうですね」

「なるほど、複雑な国際関係を利用して捜査当局の追求からのがれようって肚《はら》なんだね」

「そうです、そうです。だから在日中国人のあいだでは、だれもあの男を同胞とはみていないで、むしろ鼻つまみだそうです。きょうはそれについてこっぴどくやっつけてやりましたが、野郎、慣れてるとみえてケロリとしてましたぜ」

「それで、華孃と連絡をとってるふうは……？」

「それはなさそうですね。三浦君、どう？」

「わたしの見るところでもなさそうですね。さすがにゆうべは寄席を休みましたが、どこへも出ずにいちにち酒をのんでましたね。電話はときどきかかってきましたが、みんな寄席関係からだったようです」

「そうそう、わたしにはテレビ局から当分出演を遠慮するようにって電話があったとかで、だいぶんしょげていましたね」

　と、これは新井刑事である。

「いまは柴田君が張りこんでるんだね」

「はあ……変わった動きがあったら、すぐこちらへ連絡があるはずなんですがね」

「ところで、新井さん、あなた榻にホウオウの壺についてたずねてみませんでしたか」

　と、そばから口をはさんだのは金田一耕助である。

「ホウオウの壺……？　ああ、そうそう、ブロマイドにうつっている壺ですね。わたしべつにききませんでしたが、あの壺がなにか……？」

「いやあ、べつに……そうとうみごとな壺らしいのに、それを楊があなたに話さなかったらしいので、ちょっときいてみたまでです」

「新井君」

と、等々力警部はきっと鋭いまなざしで、金田一耕助の顔色をうかがいながら、

「金田一先生が気にしていらっしゃるようだ。こんど楊に会ったらそれとなく、ホウオウの壺について、たずねてみるんだな」

「承知しました」

「ところで、金田一先生」

と、そばからひざを乗りだしたのは志村刑事である。

「はあ」

「例のヒルマンですがねえ。楊華嬢の乗って逃げた……」

「はあ、はあ、それがなにか……？」

「二十五日の晩から二十六日の朝へかけて、ヒルマンが駐車していたのは花村卓蔵さんといって、有名な弁護士の邸宅の裏側なんです。あの場所は先生もごらんになったでしょう」

「そうそう、あれ、ひとめにつきにくい場所でしたね」

「ええ、そうです、そうです。ところがあの場所に自動車が駐車しているのを目撃した

人間が、いままでに三人わかってるんです。ところがそのうちのひとりは女……それも中年の女で、あの場所に無燈の自動車がとまっているのをたしかに見たというんですが、女のことですからぜんぜん自動車の型はわからないんですね。目撃した時刻は十一時前後なんです。ところがあとのふたりの目撃者は男で、自動車の型やなんかもわりにハッキリおぼえてるんです。まず第一の目撃者があそこに無燈の自動車が駐車しているのを見たのは、九時半ごろのことで、女の目撃者より約一時間半はやいわけですが、その目撃者の談によると、自動車はたしかにヒルマンだったらしいんです」

「ふむ、ふむ、なるほど……」

金田一耕助はしだいに体をのりだしてくる。貧乏ゆすりはこの男のいつものくせだが、それがしだいにはげしくなってきたところをみると、かれはすでに志村刑事のいわんとするところを、察しているのではあるまいか。

「ところが第三の目撃者が、あそこに無燈の自動車が駐車しているのを見たのは、二十六日の午前零時半……これがいちばん犯行にちかい時刻なんですが、この目撃者の談によると、そのときそこに駐車していたのはヒルマンでは絶対になかったというんです。ヒルマンという自動車、ちょっと型がかわってますからね。それでいろいろな自動車を見せたところが、その男が指摘するのはトヨペットだというんですよ」

金田一耕助の貧乏ゆすりがとつぜんハタと停止した。かれの手は思わず雀の巣のようなもじゃもじゃ頭へいって、二、三度強くそれをひっかきまわした。

トヨペット……？　楊祭典の自家用車がそのトヨペットなのである。

「志村さん」

と、金田一耕助はのどにひっかかったような声で、

「それ、まちがいないでしょうねえ。十二時半ごろにあそこに駐車していた自動車が、ヒルマンでなく、トヨペットだったということは……？」

「いや、ヒルマンでなかったことはたしからしいんです。しかし、トヨペットだったということは絶対確実とはいえないんです。ただそれにいちばんちかい型だったように思う……といっているんですが……」

「ひょっとすると、そのトヨペットらしい自動車のほかにもう一台、ヒルマンが駐車していたんじゃないですか」

「わたしもそう思って念を押してみました。しかし、第三の目撃者の証言によると、自動車は二台はなかった。たしかに一台しか駐車していなかったといってるんですが……」

「金田一先生」

と、等々力警部は鋭く金田一耕助の顔を見すえ、

「そのトヨペットが楊祭典のものだったとしたら、あの男のアリバイが破れるんじゃないかと思うんですが、ヒルマンとトヨペット、どこでどう交錯《こうさく》しているのか……」

と、警部が肩をゆすってため息をついたとき、

「ところがねえ、金田一先生。ここにひとつおもしろい話があるんです」

と、自席からひざをのりだしたのは新井刑事である。

「おもしろい話とおっしゃると……？」

「いやね、先生の指示にしたがって、わたし敬一に探りを入れてみたんです。宮武のばあさんのひとり息子の敬一ですね。そしたら妙な事実がわかってきたんです。もっともこんどの事件と関係があるかどうか疑問ですけれどね」

「妙な事実とおっしゃると……？」

「それがねえ」

新井刑事は鼻の頭にしわをよせて、くすぐったそうな笑いかたをすると、

「あの子、変態らしいんですね。年上の男におもちゃにされたいという、昔の蔭間《かげま》か色子《いろこ》、いまのオカマ趣味らしいんです。紅屋へ奉公に入ってからも、年上の番頭と関係ができちまって、ひともめもめたが、それをきいて紅屋の旦那が好奇心をもって、あの子に手を出した。そしたらまたそのほうへもアッサリ身をまかせてしまって、目下はもっぱら旦那のご寵愛《ちょうあい》がふかいんだそうです」

「ふうむ」

と、等々力警部は目をいからせて、

「紅屋の旦那にゃ、おかみさんや子供はないのか」

「それはもちろんあるんです。いや、まえに関係のあった番頭にも妻子はあるんです。それがあの子にかかるとみんなヘンテコになっちまうらしいんですね。紅屋でも外聞を

悪がってるんですが、旦那というのが道楽もんで、いままで女出入りが絶えなかったが、敬一と妙な関係になってから、ぴったりと女道楽がやんだうえに、敬一というのが男にかわいがられさえすれば、それで満足してるってふうで、べつに物質的にどうのこうのと、ねだりがましいことはいわないんだそうで、旦那にかわいがられりゃかわいがられるほど、イソイソと忠勤をはげんでるんだそうです」

「それで、まえに関係のあった番頭というのはどうしたんだね」

と、これは山川警部補の質問である。

「いや、これは旦那のご威光で手を切らされて、前橋の支店へ追っぱらわれたそうです。紅屋というのは関東一円に支店をもっていて、いちばんの本元《ほんもと》は桐生《きりゅう》だそうです。その番頭、近藤重吉とかいうそうですが、前橋へ転勤するさい同僚にいったそうです。まるで悪夢にでも酔わされていたようだって。……敬一のほうからもちかけられたらしいんですね」

等々力警部は無言のまま金田一耕助の横顔を見まもっていたが、やがてにやりと笑うと、

「金田一先生、あなたは敬一という子のそういう変態趣味について、まえから気がついていらしたんじゃないんですか」

金田一耕助はしばらくなにかを案じわずらっているふうだったが、やがて悩ましげな視線をデスクのうえの灰皿にそそぎながら、

「そういう受動的な衆道《しゅどう》趣味には二種類あると思うんです。先天的にそうなのと、後天的にそうなったのと。……わたしは思うんですが、先天的なのは案外少なく、軍隊や監獄、あるいは男たちばかりが集まっている寄宿舎などで、年長の先輩からいやおうなしに強要されて、それを繰りかえしているうちに、しだいに受動的変態趣味におちいっていき、しだいに女性化していく……そういう後天的なほうが多いんじゃないかと思うんです。敬一の場合はどっちだったかしりませんが、ひょっとするとさいしょにそういう受動的男色趣味を教えこみ、敬一をそういう変質者に育てあげたのは、井川謙造ではなかったか……」

「あっ！」

と、等々力警部が鋭い叫び声をあげるのも委細かまわず、金田一耕助は淡々として、

「そして、あのアトリエの北側にしつらえられたドアや通用門は、夜間中学からかえってくる、敬一をひそかに迎えるために造られたものではなかったか……？　先妻の治子や敬一のおふくろ、宮武たけの目を忍ぶために……したがって、敬一を致命的にスポイルしたのは井川謙造ではなかったか。宮武たけものちにそれに気がついた。しかも、頼りに思う敬一には、それが抜きがたい病癖となっていまなお残り、男性としてのプライドを全然喪失してしまっているとしたら、宮武たけの井川にたいする遺憾の念はさぞ深刻だったにちがいない。井川にとってはたんなるアソビにすぎなかったその行為が、敬一にとっては致命的な病癖となって尾をひいているんですからね。そこで宮武たけはな

んらかの意味で、井川に代償を求めていたのではないか……？」

金田一耕助がそれきり口をつぐんでしまったので、山川警部補が思わずそばから勢いこんで、

「それじゃ、その要求がいれられなかったので、宮武たけが井川を殺《や》ったのだと……？」

「いいえ」

と、金田一耕助は悩ましげに首をふって、

「わたしのいいたいのは、宮武たけが事件を発見してから、警察へ電話がかかるまで、あまり時間がかかりすぎているということなのです。宮武たけはそれについて、もっともらしいことをいってましたが、もっともらしいことを強調すればするほど、わたしの疑惑はかえって深くなっていったのです。宮武たけは犯人をしっていて、その犯人が逃走するために、必要な時間をかせいでやろうとしたのではないか。では、それはなぜだろう」

「それはいったいなぜなんです」

鋭い詰問の矢が異口同音に、そこにいあわせたひとびとのくちびるから放たれた。

金田一耕助は悩ましげに頭のうえの雀の巣をかきまわしながら、

「宮武たけはとっさのうちに考えたのではないですか。その犯人が罰せられれば、井川謙造の全財産は兄の虎之助にいくということを。……そうなったら敬一をスポイルされた代償を、請求することはむつかしいと。……むしろ犯人をかばい、犯人に井川の財産

を相続させて、そこから敬一の将来を保障するに足るだけの、なにほどかを要求したほうが有利だと。……マリ子はあきらかにあのアトリエの北側のドアや出入り口が、敬一のためにしつらえられたものであることを、しっているふうでしたから、井川と敬一の関係もしっていたにちがいない。……」

「金田一先生！」

と、山川警部補は鋭く金田一耕助をにらみすえて、

「それじゃ、犯人はマリ子だとおっしゃるんですか」

「山川さん」

と、金田一耕助はあいかわらず、悩ましげに沈んだ瞳を山川警部補のほうへむけると、

「あなたもたぶんごらんになったと思います。マリ子が虎之助を恐れて締めきった、母屋へ通ずるドアの母屋のがわには、ガラクタがいっぱい積んでありましたね。虎之助にきくと通行の必要がなくなったので、宮武たけが告別式に邪魔になる道具を、そこへかたづけたのだといってましたが、それは宮武たけの口実で、彼女は深夜ひそかにマリ子がそこを通って、襲撃してくることを恐れているせいではありますまいか。宮武たけは事件の夜、マリ子を見ているのだし、それにもし彼女がマリ子にとって、致命的な証拠でももっているとすれば……」

「致命的な証拠……？」

と、反問したのは新井刑事である。

「鈴木弁護士はこういったのです。五月十九日の夕方井川から電話がかかってきて、マリ子に情夫があるれっきとした証拠をつかんだと、そのとき井川がいったというんです。しかも、鈴木氏が関西旅行からかえってみると、マリ子と井川のあいだに示談が成立していたという。と、いうことは井川のいったれっきとした証拠がものをいって、マリ子は示談を受けいれずにはいられなかったのではないか。しからば、そのれっきとした証拠はいまどこにあるのか……？　マリ子はそれを探しているようだが……」

「金田一先生」

と、等々力警部がきびしい声で、

「マリ子がそれを探していると、どうしてあなたはご存じなんですか」

「だって、警部さん、マリ子があのアトリエへ引っこしてきたのは、それを探すためだとは思いませんか。しかも、マリ子は警察の許可なしには、アトリエのものにはできるだけ手をふれないと約束したでしょう。それにもかかわらず、きょうアトリエへいってみたら、飾り棚にかざってある井川謙造の蒐集品のうち、少しずつもとの位置とちがっているのがありましたよ。それも皿や人形には手がつけてなく、れっきとした証拠が入っていそうな壺や瓶の類だけね」

等々力警部は激した調子で、

「金田一先生、マリ子はそれを手に入れたでしょうか」

金田一耕助はかるく首を左右にふって、

「わたしはそうは思いません。宮武たけがあれだけ用心ぶかくなっているところをみると、れっきとした証拠というのは、いま宮武たけに握られているんじゃないでしょうか」

「よし！」

と、即座に席をけって立ちあがったのは志村刑事だ。鼻息あらく、

「あのくそばばあ、これからいってとっちめてくれる」

「まあ、待ちたまえ。志村君」

さすがに山川警部補は思慮ぶかく、勢いたつ志村刑事を制すると、

「うっかり切りだして、ぶっこわしになったらたいへんだぞ。マリ子もおなじ家にいるんだからな。金田一先生」

「はあ」

「宮武たけを説きふせて、こと穏便にその証拠を吐きださせる方法はないものでしょうか」

「それにはまず虎之助を説きふせることですね。井川の遺産を首尾よく相続できたら、敬一の将来を保障するに足るだけのものを、宮武たけに贈るというような、できたら、しっかりとした証文でも入れさせたらどうですか」

「よし」

と、等々力警部は決断もはやく、

「その線に沿って宮武たけと虎之助を、そうっとここへつれてこい。マリ子やブルドッ

グにさとられぬようにな」

「承知しました」

志村刑事が部屋を出ていった瞬間、卓上電話のベルがけたたましく鳴りだした。山川警部補は受話器をとってふたことみこと応対していたが、すぐ、等々力警部をふりかえると、

「警部さん、柴田君からです。なんだかひどく興奮しているようですよ」

柴田刑事は警視庁づきなのである。

等々力警部は受話器にしがみつくようにして、そうとう長い電話をきいていたが、その顔色にはしだいに興奮の色が深くなってくる。

「うん、よし、それじゃすぐにだれかやる。君は楊の尾行をつづけてくれたまえ」

と、ガチャンと受話器をそこへおくと、等々力警部はきびしい目をして一同の顔をにらみまわした。

「柴田君はいちじ楊の姿を見うしなったんだそうだ。そこでさんざんあちこち探したのち、横山町の山藤へ電話をかけたら、あるじの山本藤兵衛が交通事故で、お茶の水のK病院へかつぎこまれたというんだね。そこでさっそくK病院へ駆けつけたら、あとから楊も電話できいたといって見舞いにきたそうだ。山藤はそうとうの重態で、本人直接にはまだ話がきけないそうだが、山藤じしんが運転していた自動車が、なにかに激突したらしい。それがほんとの事故なのか、それともだれかの作為によるものなのかは、まだ

判然としないそうだが、柴田君はこれからまた楊を尾行するといっている。だれか病院へいって山藤が意識を取りもどすのを待って、事情をよく聴取してくれたまえ」

「じゃ、わたしがいきます」

と、言下に立ちあがったのはいちど山藤に会ったことのある三浦刑事である。急ぎ足に部屋を出ていこうとする三浦刑事を、

「ああ、ちょっと……」

と、金田一耕助が呼びとめて、

「山藤が意識を取りもどしたら、ぜひたずねていただきたいことがあるんですが……」

「はあ、どういうことですか」

「楊華嬢のことですがね」

と、金田一耕助は悩ましげな顔を一同の視線からそむけると、

「楊華嬢はほんとうに女であったか……？　ひょっとすると男の子ではなかったかと……」

物語る写真

昭和二十九年五月二十九日夜。——

その夜こそこの奇怪な殺人事件が、一挙に解決されるという見通しのついた、決定的

な一夜となった。

成城署へ呼び出された井川虎之助は思いのほかわかりがはやく、宮武たけの力によって、弟の遺産がそっくりそのまま、じぶんたちの一族のものになるなら、五百万円を謝礼として、宮武たけに贈ろうといいだした。いや、かれは口でそれをいったのみならず、その場で五百万円の小切手を書いて、

「金田一先生」

と、あらたまった切り口上で呼びかけると、

「わたしはさいしょ先生を見そこのうておりましたが、いろいろきけば先生はとってもお偉い、しかもまた信頼のおけるかたじゃということです。そこで先生にお願いがあるんですが、この小切手は先生におあずかり願いたいんです。そしていま等々力警部さんのおっしゃったように、宮武さんのご尽力で、謙造の遺産がわたしどもの身内のものに、譲られるという見通しがついたら、これを宮武さんにあげてください。そのときになってインチキなことは、絶対にわたしはいたしませんから」

「承知しました」

言下に金田一耕助は引きうけると、悪びれもせずその小切手を受けとると、

「もし宮武さんの力をもってしても、遺産があなたのほうへいかないようなら、この小切手はあなたにお返しいたしましょう」

「はあ、なにぶんよろしくおたのみ申します。それでうまくいったときの先生への謝礼

は……?」

「いや、それはそのときの、あなたのお気持ちしだいということにいたしましょう。それじゃあなたと入れちがいに宮武たけさんにきていただきますから」

虎之助が欣然《きんぜん》として出ていくと、山川警部補がその身辺を厳重に警戒するよう、部下に命じたことはいうまでもない。

虎之助が部屋を出ていってから十五分ののち、宮武たけが志村刑事に付きそわれて会議室へ入ってきた。この二、三日めっきりやつれが目について、しじゅう涙のにじんだ目つきでいるのは、おそらく良心の呵責《かしやく》に悩んできたせいだろう。

宮武たけは諄々《じゆんじゆん》と等々力警部に説諭され、金田一耕助に五百万円の小切手を見せられると、

「すみません、すみません、すみません!」

と、しばらく口もきけないほど泣きむせんだ。おそらく慙愧《ざんき》と後悔と屈辱で、体をこなごなに斬りきざまれる思いだったのだろう。身をもみにもんで、のどもかれんばかりに泣きむせんだが、ひとしきり泣くだけ泣いてしまうと、いくらか気が晴れ晴れとしたのか、

「どうもすみませんでございました」

と、洗ったようにぐっしょりぬれた顔を、ていねいにハンケチで拭いおわると、一同にうやうやしく一礼して、

「みなさんはさぞあたしを、悪いやつだとお思いになったことでございましょう。敬一のためならば、あたしはじぶんの良心をドブのなかへたたきすててもよいつもりでございました。そのためにじぶんがどのような重いおとがめを受けようとも……」

宮武たけはそこで少し絶句したが、すぐまた気を取りなおしたように姿勢をただして、

「先日亡くなられた先生も、敬一を台なしにしてしまったことにたいしては、少なからず後悔していらっしゃいました。そして、敬一が独立するような場合には、いくらかでも資本を出してやろうと約束してくださいました。あたしとしてはそれがなによりの頼りでしたのに、その先生にだしぬけに亡くなられては……」

宮武たけはちょっと身ぶるいをしたのちに、

「いいえ、もういいわけはいたしますまい。金田一先生がお見やぶりなさいましたように、あたしはすぐあの女をマリ子さんだと気がつきました。顔はほんとにハッキリ見えなかったんです。だからマリ子さんはあたしが気がつかなかったのだと、ああしてしゃあしゃあしていますが、いかに顔をかくしていても、一年もおんなじ家に住んでいたんですもの、体の格好や、ちょっとしたしぐさの特徴で、すぐにそれとわかります。そのマリ子さんが逃げだしたあとで、先生が殺されているとしったときのあたしの驚き！……あまりくだくだしく申しあげるのはひかえますが、これで敬一の将来はめちゃめちゃになってしまったと思いました。虎之助さんにはとても敬一のあの悲劇はわかってはいただけますまい。だが、マリ子さんなら……そう思ったとたん、あたしはマリ子さんを

かばわねばならぬと思いました。それはマリ子さんのためではなく、わが子の敬一のためなのです」

宮武たけはそこでまた涙をあらたにしたが、すぐにまた気を取りなおして、

「そのときでした。あたしがはっと思いだしたのは、あの晩からかぞえて一週間ほどまえ、とうとうマリ子のしっぽをおさえたと、先生が鬼の首でもとったように喜んでいらしたのを……さいわいそこにぬぎすててあった、先生の洋服のなかに鍵束がございましたので、その鍵束をもって母屋へ走ると、用ダンスのなかを探しました。先生がいちばんだいじなものをしまっていらっしゃるひきだしは、あたしもよく存じております。先生が鬼の首でもとったようにおっしゃったものは、すぐにあたしに見つかりました。あたしはそれを手に入れると、鍵束をもとの夢殿の洋服のなかへかえし、それから電話をかけようとしたら、電話の線が切断されていることに気がついたのでございます」

「それで……」

と、等々力警部は熱い息をのみくだし、

「あんたが手に入れたものはいまどこにあるのかね。家においてあるならいまからすぐにでも……」

「いいえ、ここにもっております」

と、宮武たけは白い星の入った目をぶきみに光らせてにやりと笑うと、

「これはあたしの切り札でございますもの、昼も夜も肌身《はだみ》離さずもっております。あの、

失礼でございますけれど、ここで帯を解かせていただいてもかまいませんか」

「さあ、どうぞ、どうぞ」

等々力警部は思わずいすを少しあとへずらせた。山川警部補と新井刑事は立ちあがって、緊張したまなこをひからせている。志村刑事はドアの内側に突ったっていた。ただ、金田一耕助だけがあいかわらず、いすにめりこみそうなかっこうで、あいてのようすを見まもっている。

宮武たけは部屋のすみへいって、つつましやかに袋帯を解いた。袋帯のしたには平ぐけの細ひもをしめている。宮武たけは床《ゆか》にしゃがんで、

「恐れ入りますがどなたかそこのおはさみを……」

言下に新井刑事がデスクのうえからはさみをとって、床にしゃがんだ宮武たけに手渡した。

宮武たけははさみを鳴らして平ぐけの糸を二センチほど切りとると、なかから小さく折ったハトロン紙の封筒を取り出した。

「どうぞ、これをごらんになって」

新井刑事がひったくるようにそれをとると、デスクごしに等々力警部に手渡した。と、同時に山川警部補と志村刑事が、警部のそばへよってきた。

金田一耕助もやおら席を立って、デスクのまえへやってきた。

「金田一先生、これ……」

等々力警部が示した封筒の表には、

昭和二十九年五月十六日、夜、十時、上野山下の温泉旅館、山の井の別館で撮影す。
井川謙造。

と、赤インクで書いてある。

金田一耕助がうなずくと、等々力警部は急いでハトロン紙の封筒から、なかにあるものをつまみだした。

それはふたつに折った厚紙だったが、厚紙のあいだにはさんであるのは、現像されたフィルムが一枚と、焼きつけられた写真が一枚。

その写真を手にとってみて、等々力警部はいうにおよばず、そばからのぞきこんでいた山川警部補に新井刑事、志村刑事の三人は、みないちように、鋭い叫びを舌端からほとばらした。

「畜生！」

鋭い舌打ちをして、ドンと強くデスクのうえをたたいたのは新井刑事で、いかにもくやしそうである。

「金田一先生、これ！」

等々力警部の面上にも激しい怒りと、強い嫌悪《けんお》の情がドスぐろくもえている。

金田一耕助はデスクごしにその写真を受けとって、注意ぶかい眼をそれに落としたが、そこには驚きの色はあっても、ほかの四人が感じたような意外な思いはなかったようだ。それはあきらかに盗み撮《ど》りされた写真である。温泉旅館、山の井の主人に鼻薬をつかませた井川謙造が、別居中のマリ子の非行の証拠を握ろうとして、あいてのしらないかくれ場所から、ひそかに撮影したものだろうが、世にこれほどあからさまな非行の証拠があろうか。

それはほとんど全裸にちかい男と女が相擁している、世にもあからさまな非行の現場写真なのだが、撮影者にとってもっとも好都合だったと思われるのは、男も女もカメラのほうに顔をむけていることである。と、いうことは女はベッドのはしに腰をおろしている男に、背後から抱かれているのである。

うしろから男に強く抱きしめられて、肌もあらわなみだらなポーズを見せているのは、あきらかに井川謙造の妻マリ子である。マリ子は恍惚《こうこつ》としてうなじを反らして、目を閉じ、くちびるを少しひらいているが、それはマリ子以外のだれでもなかった。

そして、これまた肌もあらわな格好で、うしろからマリ子の体を強く抱きしめ、女の顔をのぞきこむようにして、なにやらささやきかけているようなその男は……？

「宮武さん」

と、金田一耕助はその写真を等々力警部にかえすと、宮武たけをふりかえった。宮武たけは帯をキチンとしめなおして、つつましくいすにひかえている。

「あなた、この写真をごらんになったでしょうねえ」

「はあ」

さすがに宮武たけはほおをあからめて、白い星の入った目が羞恥《しゅうち》にふるえているようだった。

「あなた、この写真にうつっている男をご存じじゃありませんか」

「いいえ、しりません。いままでいちども会ったことのないひとでございます」

「金田一先生」

と、そばから口を出したのは新井刑事だ。

「宮武さんがしらないのもむりはありません。あの男……その写真の男は庭のしおり戸からアトリエへ入ってきて、またそこからかえっていったのですから」

「ああ、そう」

と、金田一耕助はうなずいて、

「宮武さん、それではあなたはこれでお引きとりください。あなたの身辺は厳重に警官が護衛してくれるでしょうから」

「金田一先生」

と、宮武たけは瞳をふるわせて、

「その写真、なにかのお役に立つでしょうか」

「たぶん……」

と、いってから金田一耕助はそのあとへ付けくわえた。

「わたしがおあずかりしている五百万円の小切手は、早晩あなたのものになるでしょうから、どうぞご安心ください」

宮武たけはふかくこうべを垂れたまま、ハンケチを目に押しあてて、声をのんで泣きはじめた。

金田一耕助はもういちど警部の手から、れっきとした証拠の写真を手にとりあげたが、マリ子をあいてに妖《あや》しい痴戯《ちぎ》にふけっているその男は、自称中国人の楊祭典であった。

ホウオウの壺

昭和二十九年五月三十日未明一時。

成城署の捜査本部では等々力警部と山川警部補、それから金田一耕助の三人が、火のない鉄火鉢《てつひばち》を取りかこんで、鼎《かなえ》となって腰をおろしていた。鉄火鉢のなかにはたばこの吸いがらが、百本杭《ぐい》のように突ったっていて、締めきった部屋のなかには、三人の口から鼻から吐き出される煙が、もうもうとして立てこめている。

宮武たけが引きとったあと、有力な情報が続々として、この捜査本部へ舞いこんでいた。

まず、その第一報は交通事故で入院している、山藤を見舞いにいった三浦刑事からの電話だった。

二十九日夜九時ごろ、意識を回復した山藤の告白によると、楊華嬢はやっぱり金田一耕助が指摘したとおり、女ではなく少年だった。山藤も彼女……いや、かれと同衾《どうきん》するまでそれに気がつかなかったという。

山藤ははじめて少年と同衾するに及んで、異様な興味と好奇心と、それから変態的な嗜好のとりことなった。数次にわたってかれは華嬢と関係をもったが、おのれの変態的な嗜好を恥じて、だれにも華嬢が男であることは語らなかった。むろん、華嬢からもかたく口止めされていたせいもあったろうけれど。

山藤は三浦刑事に語ったという。もし、閨房《けいぼう》におけるじぶんにある種の好みがなく、ただ華嬢とオーソドックスに相擁することだけで満足していたら、華嬢が男であることに気がつかずにすんでいたかもしれないと。長年にわたって楊祭典に訓練されてきた華嬢の肉体は、それほど女性化されていたそうである。

それはさておき、山藤は数度にわたって華嬢と密会を重ねているうちに、とうとうそれが楊祭典のかぎつけるところとなった。

山藤の感じたところでは、楊のしっとはそれほど大きくなかったそうである。しっとよりもむしろ華嬢の男であることが、広く世間にしられることを恐れる感じのほうが大きく、そういう意味で、山藤は楊に脅迫されたという。

むろん、山藤はおのれの体面上からも、少年と関係をもっているなどとは、外部にもらすべき事柄ではなかった。そこで山藤と楊とのあいだに妥協が成立して、華嬢が男であるということを、外部にもらさないかぎり、適当にアソンでもいいということになった。むろん、それには目の玉のとびだすような金をふんだくられたらしいのだが。……

こんやの交通事故については、じぶんも奇怪に思っていると、山藤は告白したそうである。山藤はじぶんで自動車を運転していたのだが、その自動車のブレーキがきかなくなっていたのが事故の原因であった。それが偶然の故障だったのか、だれかの作為によるものであるか、警察のほうで取り調べてほしいと、山藤のほうから申し出があったそうである。

この自動車は厳重に調査されたが、ブレーキはあきらかに何者かの手によって取りこわされていた。しかも、ブレーキが何者かの手によって、取りこわされたとおぼしい時間に、柴田刑事は楊祭典の姿を見うしなっているのである。

以上の報告が三浦刑事からとどいたのは、二十九日の夜の十一時ごろのことだったが、それから半時間ののち、楊のもとへ急行した新井刑事から重要な報告が電話でとどいた。

新井刑事がおもむいたとき、楊は留守だったが、留守番をしていた住み込みのばあや村上マキから聞き出しえたところによるとこうである。

二十五日の夜、蒲田のほうにいるめいの病気の見舞いにいった村上マキが、十二時ちょっと過ぎにかえってくると、楊がすでにかえっていて、さかんにあちこち、電話をかけていたということはまえにも述べたが、そのとき村上マキがちょっと妙に思ったのは、自動車置場にある自動車が、トヨペットでなくヒルマンだったらしいので、てっきり華嬢がかえっていたのだと思ったら、華嬢はいずに楊だったことである。

しかし、暗がりのことだったし、自動車のそばまでいって調べてみたわけではないし、それに翌日目をさましたときには、ちゃんとトヨペットがおいてあったので、それきりそのことは、いま旦那（旦那というのは新井刑事のことである）にいわれるまで忘れていたというのである。

なお、村上マキはちかごろ不眠症におちいっているので、睡眠剤を常用しているが、その晩も楊のすすめでハーモニンを四錠、熱燗《あつかん》のコップ酒でのんだので、朝までなんにもしらずにぐっすり眠ったという。

彼女は華嬢が男であるということには、ぜんぜん気がついていないふうだったが、新井刑事に指摘されると、そういえば……と、なにか思いあたるところがあるらしく、考えこんでしまったという。

なお、金田一耕助が気にしていたホウオウの壺のことだが、それについて村上マキからしりえた情報はこうである。

去年の秋、そのホウオウの壺にひびが入ったので、焼き接ぎに出したところが、かえってひどくみっともなくなって、舞台での使いものにならなくなってしまった。そこで裏の物置に突っこんであったが、ちかごろそれが急に見えなくなったので、うちの旦那にきいてみたところが、このあいだ物置から引っぱりだして、なんとかならないかといじっているうちにとうとうバラバラにこわしてしまった。そこで思いきって捨ててしまったという旦那の返事であったと、村上マキは答えたという。

しかも、村上マキがそのことに気がついたのはきのうのことで、たしか二十四、五日ごろまで物置にあったはずだと、村上マキはいっているという。

その報告を新井刑事から直接電話できいたとき、金田一耕助は背筋をつらぬいて走る戦慄《せんりつ》を禁ずることができなかった。

十二時ごろ、楊を尾行している柴田刑事から電話があった。

楊はいま浅草の深夜喫茶、サンチャゴという店にいるが、この店へ入るまえ雷門まえのたばこ屋の赤電話で、どこかへ電話をかけたが、あいては女ではないかと思う。そして、その女とここで待ちあわせているのではないかと。……

十二時半ごろ、宮武たけから志村刑事にたのまれたといって電話があった。十一時四十分ごろ鈴木という名の男の声でマリ子に電話がかかってきたので、宮武たけが取りつぐと、マリ子は玄関をまわってやってきた。

そして、男となにか打ちあわせていたようだが、ついさきほどそそくさと外出したので、志村刑事があとをつけていった。梶原譲次がきているはずなのだが、マリ子が出ていったあと、なんの音沙汰《さた》もないのが不思議だから、だれかひとをやって調べてほしいと。……

そこでさっそく山川警部補がみずから出むいて、ベランダの錠前をこわしてアトリエのなかへ入ってみると、梶原譲次は酒に睡眠剤でもまぜてのまされたのか、あの夢殿のしたのダブルベッドのなかで、素っ裸のまま眠りこけていて、山川警部補がいくら起こしても目をさまさなかった。

思うに男の電話をきいたマリ子は、それからアトリエへ引きかえし、ことばたくみに譲次に睡眠剤入りの酒をすすめて、あいてが前後不覚に眠ってしまうのを待って外出したのであろう。

その報告をもって、山川警部補が外からかえってきたばかりで、いまこうして、金田一耕助と等々力警部の三人で、鉄火鉢をかこんでいるというわけである。

「で……？」

山川警部補の報告をききながら、煙突のように鼻から煙を吐きだしていた等々力警部は、警部補の報告がおわるのを待って、促すような視線を金田一耕助のほうへふりむけた。

「はあ……」

しょんぼりと肩を落とした金田一耕助の全身を、ものわびしくつつんでいるのは、救いようのない孤独感と虚脱感である。これは事件が解決したときに、いつも金田一耕助が示す寂寥感《せきりょうかん》で、だから等々力警部はしっているのだ。金田一耕助の脳細胞のなかでは、すでに事件が解決しているということを。……

「金田一先生」

と、等々力警部はやさしくいたわるような目で、金田一耕助のわびしそうな横顔を見まもりながら、

「あなたはどうして楊華嬢を、男であると看破なすったんですか」

「それはねえ、警部さん」

と、金田一耕助はうめくような調子で答えた。

「わたしがいくらかあなたより、よけいに本を読んでいるということではないでしょうか。それもあんまり高級ならざる本を……？」

「と、おっしゃると……？」

「いいえ、ずっと昔、わたしこういう探偵小説を読んだことがあるんです。すなわち少年が女装してスカートをはいている。ところがなにかに腰をおろして、急にひざでなにものかを受けとめなければならなくなった。そのさい、その少年がまたをつぼめて受けとめたので、男であるということを看破される……と、そういうトリックなんですね」

「なるほど、西洋の昔の風俗では女はおしなべてスカートをはいているから、ひざでものを受けとめるときにはまたをひらくのがほんとうである。それに反して男はズボンだから、またをつぼめなければならぬ……そういう習性が身についているというんですね」

「そうです、そうです。ですから、このトリックはズボンとスカートの外国でしか通用しまいと思っていたんです。ところが四月五日の晩、テレビで壺中美人を見ていると、壺入りの本芸のまえに投げ銭《せん》の前芸があったのを警部さんもおぼえていらっしゃるでし

ょう」

「あっ！」

と、いうように等々力警部が、口のうちで鋭い叫び声をもらした。

「警部さんもどうやら思いだされたようですが、そのとき華嬢はまだ総タイツではなく、ゆるやかな支那服を着て腰をおろしていたのです。それにもかかわらず祭典の投げ銭を、扇で受けそこねるとパッとまたをつぼめて、ひざでそれを受けとめたのです。わたしハッと思いました」

「なるほど」

「それから好奇心をもって華嬢を注意していると、どんな場合でも絶対にのどを見せないということに気がついたのです。しかも、そういう先入観をもって華嬢を見ると、女というより強い中性を感じたんですね。だからひざでものを受けとめるとき、またを開くとかつぼめるとかいう動作は、ズボンとスカートという形式的な問題ではなく、いちばんだいじなときの男と女の本能、かんじんなときに女はまたをひろげるが、男はむしろまたをつぼめる……そういうところからきているんじゃないかと思ったんです。どちらにしてもわたしはあのテレビを見て以来、楊華嬢とは女ではなく男、少年ではないかという疑いを強くもったわけです」

山川警部補はデスクのひきだしから、楊華嬢の五枚のブロマイドを出してみて、そのいずれもがたくみにのどがかくされていることに気がつくと、思わず、

「畜生！」

と、いまいましそうに口走った。

「男が女装して、しかも世間に女として通用するということは、ちょっとむりなようですが、わたしはしばしばこういう例をきいています。男娼《だんしょう》にたわむれた男が、のちのちまでじぶんに体を許したあいてを、男だと気がつかずにいたというような話を。……また、こういう実話をきいたこともあります。ある監獄の看守の幼いせがれが、食物ほしさに受刑者に体を許しているうちに、おたがいに断ちがたい愛情を抱きはじめて、ついに受刑者がその少年をつれて監獄を脱走してしまう。警察当局の手配では少年づれの男となっていたが、あにはからんや、その少年は髪をのばして女装し、数年間を夫婦気取りで暮らしていて、しかも近所に住むひとびとも、だれひとりとしてそのおかみさんを男であるとは気がつかなかったという例もあるということを。……」

この実話は等々力警部もしっていたとみえて、くちびるをへの字なりに結んだまま、強く首を二、三度ふってうなずいた。

「そうすると、先生ははじめから楊華嬢を男であるという確信のもとに、この事件にのぞんでいられたわけですね」

と、山川警部補はいくらかくやしそうである。

「いや、いや、確信というほど強いものではありません。漠然《ばくぜん》たる疑いといったほうがよいでしょう。しかし、まあ、それだけあなたがたより有利なハンディはもっていたわけですね」

「ああ、そう」

と、等々力警部はうなずいて、

「あなたがそういう漠然たる疑いを抱いていられるところへ、井川謙造の周囲に、たぶんに女性化された敬一を発見された。そこで井川に男色趣味があったんじゃないかという、疑惑を強めていかれたわけですね」

「そうです、そうです、警部さんのおっしゃるとおりです。それもこれもあのテレビを見ていたおかげですね」

「それにしても、金田一先生」

と、山川警部補はまゆをひそめて、

「この事件を楊祭典とマリ子の共犯としても……いや、もうそれにまちがいはないようですが、ふたりはどうして接触していったんでしょう。まえからの知り合いなんでしょうか」

「いや」

と、金田一耕助はものうげに首を左右にふって、

「それはおそらく、結果的には井川が橋渡しをしたことになるんじゃないですか。四月五日の晩、井川はわれわれとおなじくテレビで壺中美人を見た。そして、壺も壺だがそれ以上に、華嬢に心をひかれたのではないでしょうか。ホモセクシュアリスト……すな

わち同性愛病患者特有の本能から、井川は華嬢を少年ではないかと気がついた。そして、壺にことよせて楊に接触していくうちに、華嬢を男とハッキリしった。ところが……」

と金田一耕助はふところから手帳を出して、そのページを繰りながら、

「楊の話によると、井川がはじめて壺のことで、楊を楽屋に訪ねてきたのは四月六日となっています。ところがその井川が鈴木弁護士にはじめて会った四月八日には、かれはマリ子に未練たっぷりだったということです。ところが五月五日に鈴木弁護士と第二回目の会見をしたときには、井川はぜんぜんマリ子に未練がなくなっていたということです。ですから、そのあいだにマリ子にかわる性愛の対象が、井川にできていたとみなければなりません。それがおそらく華嬢でしょう。ところがいっぽうマリ子のほうでも、はじめは慰藉料など口にもしなかったのに、四月二十日になって、一千万円という法外な慰藉料を切りだしている。しかも、譲次がそういう入れ知恵などする男でないとしたら、だれがしたか……？　それが楊祭典ではなかったか。すなわち、楊は華嬢を井川におもちゃにされた腹いせに、井川の妻のマリ子と関係をつけたのではないか……」

金田一耕助は宮武たけがもってきた、あのいまわしい証拠の写真を手にとると、

「この写真のポーズからみても、マリ子はじぶんが男にもてあそばれているという感じに、強い魅力をいだくのではないでしょうか。はじめからそうだったのか、あるいは井川と同棲《どうせい》中にそうなったのか、彼女にはたぶんにマゾヒストとしての傾向があるのではないか。そして、そこを楊につけこまれたのではないでしょうか」

「戦災孤児の少年をひろって、それを少女として仕込み、じぶんの性愛の対象としていたような男だから、楊にもたぶんにサディスト的傾向があったわけですね」

等々力警部の口調には、たぶんに、穢《きたな》いものでも吐きすてるようなにがにがしさがあった。

「ところで、金田一先生」

と、山川警部補はまだ十分納得のいきかねる顔色で、

「犯行の順序はどうなるんです。それに、華嬢はこの事件でどういう役割りを果たしているんです？」

金田一耕助はまたわびしげに、雀の巣のようなもじゃもじゃ頭を左右にふると、

「華嬢はおそらく楊祭典の操り人形だったのでしょう。華嬢も年一年と骨組みがおとなになってくる。いつまで女で通せるか疑問になってきた。したがって、楊はもうそろそろ華嬢が鼻についてきていた。だから、華嬢が山藤やなんかとアソンでも、それほど強いしっとはしなかったのでしょう。だが、華嬢はそれをしらなかった。じぶんにはじめて性愛のたのしみを教えた男に、かれはいつまでも献身的な愛情を抱いていたのではないか。男の愛情がすでにマリ子という女にうつっているのもしらないで……」

金田一耕助は悩ましげな眼をショボつかせながら、かるく頭髪をひっかきまわして、

「だから、かれはただ男の命ずるがままに動いていたのではないでしょうか。あの運命の夜も、華嬢は男の命ずるがままに、バラの切り花やなんかを買って井川謙造を訪れた。

そして適当にアソンだのちに、ヒルマンを駆って西荻窪の蘆荻荘アパートのほどちかくで、楊祭典と落ちあった。楊はトヨペットが故障したとかなんとか口実を設けて、ヒルマンに同乗して深川へかえってきた。さて、いっぽう譲次に体を許すことによってアリバイを作ったマリ子は……酔っぱらいの、しかも想《おも》う女を手に入れて、有頂天になっている譲次を、一時間くらい時間的にごまかすくらいなんでもないことだったでしょう。こうして譲次をこんやとおなじように眠らせておいて、マリ子はアパートをぬけだして、楊が乗りすてていったトヨペットを駆って、この成城へやってきた。……」

「ああ、なるほど」

と、等々力警部はうなずいたが、

「しかし、金田一先生、楊はなぜヒルマンを残しておかないで、トヨペットを残していったんですか」

「それはおそらく、ヒルマンを残しておくには、華嬢を適当な口実で説きふせなければなりません。その口実がなかったのと、マリ子には犯行ののち、ヒルマンを始末する時間がなかったでしょうからねえ」

「ああ、なるほど、なるほど、それで……」

「はあ、それからマリ子はどういう口実でか井川に会ってこれを殺した。そして……」

と、さすがに金田一耕助もまゆをひそめて、

「これこそマリ子のような女でないとできないことですが、井川の肉体の一部分におの

れの体の分泌物をなすくりつけておいた。おそらくそれは華嬢をあくまで女と思わせるための、技巧だったのではないでしょうか」

「そういえば……」

と、等々力警部も思いだしたように、

「マリ子は井川謙造に男色癖があることを、しられることを恐れていたようですね。あなたが敬一にアトリエの北側のドアや裏口のことをたずねられたとき、すばやくそばから助け舟を出していたが……」

「そうです、そうです」

と、金田一耕助は早口に相づちをうった。かれはこのいまわしい物語を、できるだけはやくかたづけたい意向のようである。

「さて、そのあとでマリ子が宮武たけに華嬢らしき姿を見せたのは、おそらく予定の行動だったのでしょう。それが命取りになるともしらずに、あくまで華嬢に罪を転嫁する予定だったんですね。さあ、そこまでは予定どおりに運んだが、さて、そのあとで大失敗をやらかした。……」

「大失敗とおっしゃると……？」

「川崎巡査に体をさわられたこと。……川崎巡査は脈々と鼓動している、なまあたたかい女の乳房をうしろから、思わず強く抱きしめたといっています。そのことと、井川の肉体の一部分から発見された女性の分泌物が、華嬢を男ではないかとみていたわたしの疑惑と、ひどく矛盾抵触してきたわけです。それと運命的な晩に、マリ子が譲次に体を許したという事実と。……」

「いや、わかりました、金田一先生」

と、山川警部補はあっさりと、男らしく兜《かぶと》をぬいだ顔色で、

「それからマリ子はトヨペットを走らせて、西荻窪の蘆荻荘へかえり、夜中にヘドを吐いて譲次を騒がせることによって、アリバイをいっそう完全にしようとしたんですね」

「いっぽう、楊は……」

と、等々力警部も体をのりだし、

「村上マキが寝こむのを待って、ヒルマンを走らせそのヒルマンをどこかで始末をしたあとで、マリ子の乗りすてたトヨペットを駆って、じぶんのうちへかえってきた……ここで完全にヒルマンとトヨペットのすりかえができたというわけですな」

「そのヒルマンはどうなったでしょう」

しばらく無言ののち金田一耕助が発言した。

「わたしの知り合いにふたり、うっかり鍵をかけ忘れて、自動車を路面駐車しておいたところが、あっというまに盗まれて、それきりいくえがわからないのがおりますよ。盗んだ自動車を専門に解体している、ぽんこつ屋があるんじゃないでしょうか」

「そう」

と、等々力警部もうなずいて、

「そういう場合、その自動車を盗んだやつは、それが殺人事件に関係があるとしっても、とどけでる心配はないわけだからな」

「そういう点で、こんどの事件の犯人はラッキーだったわけです。また、そのヒルマンが発見されてもかまわないわけです。楊は西荻窪からうんと離れたところで、ヒルマンを乗りすてて、あと、タクシーかなんかを乗りついで、西荻窪までいけばよいのですからね。この場合、楊とマリ子はいうまでもなく、ふたりともトヨペットの鍵をもっていたのでしょうね」

そのあとしばらく無言がつづいた。あとひとつ残っているだいじな問題に、だれもふれるのを急がなかった。いや、その問題にふれるのが怖かったらしいのである。

だが、ついに山川警部補がしゃがれた声で切りだした。

「金田一先生」

と、警部補はのどにからまるたんをぶっきるような声で、

「華嬢はいったいどうしたのでしょう」

それからかれはいっそう声をひそませて、

「華嬢が失踪《しっそう》しているということと、ホウオウの壺が紛《な》くなったということと、なにか関連があるのでしょうか」

金田一耕助はとつぜん冷たい水でもぶっかけられたように、激しく、鋭く身をふるわせた。

「そのホウオウの壺のなかに……」

と、かれはごくりとのどを鳴らすと、

「楊華嬢の死体がなければしあわせなんですが……」

と、そこまでいってから金田一耕助はまたはげしく身ぶるいをした。

等々力警部と山川警部補も、それ以上この孤独と寂寥につつまれている天才を、追究しようとはしなかった。ただ、無言のまままじまじと、金田一耕助の世にもわびしげな横顔を凝視していた。


ここに蛇足《だそく》をつけくわえることを許していただくならば、このホウオウの壺は楊祭典の自供によって、隅田川の川底から引きあげられた。

哀れな華嬢はホウオウの壺のなかに死体となって、セメント詰めにされていた。

楊の自供によると二十五日の夜、かれはこんごまたこの壺を曲芸に使うのだからと、華嬢を欺いて壺のなかへもぐらせた。そして、華嬢が壺へもぐったところをぐさりとひと突き。……あとセメント詰めにして隅田川へ沈めたというのだから、世界犯罪史上にもこれほど残虐な犯人はないだろうといわれている。

廃園の鬼

一

「なるほど、これは風変わりな建物ですな。こんなところへ、こんな変てこな建物をおっ建てて、いったいどうしようというつもりだったんでしょうね」

「さあ、どういうつもりだったのか……ちょっとこう、頭が変になりそうな気がなさりはしませんか」

「そうおっしゃればねえ」

と、金田一耕助は微笑をふくんで、

「なにしろ、建築学上のあらゆる法則を無視してますからね。いったい、どういうひとなんです。こんな気ちがいじみた家をおっ建てたのは……？」

「那須市の資産家のひとり息子なんですがね。名前は原信造というんですが、けっきょく頭が変になってたんでしょうな。気ちがいに刃物というが、気ちがいに金を持たせておいたもんだから、こんな愚にもつかぬ家をおっ建てようとしたんです」

「この家のいろんな妙な構造からみると、相当猛烈な被害妄想《もうそう》症にとりつかれていたんじゃないですか」

「そうです、そうです。家のまわりに濠《ほり》をめぐらせたり、ばかでっかい塀《へい》をおっ立てたり、物見台をつくったり、抜け穴をつくって寝室から塀の外へ出られるように設計したり……そういうところからみると、絶えずだれかに襲われやあしないかという、強迫観念になやまされていたんでしょうな」

「なにかそんな……ひとを恐れなければならぬような原因でもあったんですか」

「べつに……そんな原因があるならともかくですが、なにもないんだから、けっきょく気ちがいの妄想というよりほかにしかたがありませんね。だいいち、他人にねらわれるような、……そんな深刻な原因をつくるような人物じゃなかったですよ。しごくおとなしやかな、平凡な男でね。だから信さんが変てこな家を建てだしたときいたときにゃ、わたしもちょっとびっくりしたんです」

「そのひと、どうしたんですか。この家が未完におわっているところをみると、ほんとに気が狂っちまったんですか」

「いや、ほんとに気が狂っちまうまえに死んじまったんですね。急性肺炎でしたがね。いまとちがって、戦前のことでペニシリンだなんて、気のきいた薬もなかったもんですから」

「いくつぐらいのひとだったんですか」

「死んだときが三十六でしたね。そうそういちど結婚したんですが、細君に逃げられて、それ以来ずうっと独身でいたから、子供もなかったんです。細君が逃げだしたというのも、そのころからしてすでに、少々おかしかったんでしょうな。それがそののち、メランコリーが昂《こう》じて、いっそう変てこになってきたというわけでしょう。それでも日常の言語動作には、かくべつ変わったところもなかったので、親戚《しんせき》のものも気がつかなかったんですが、そのうちこんな不便なところへこんな妙なうちを建てだしたもんだから、はじめて気が変になってるってことに気がついたんですな。それでいろいろいさめたり、すかしたり……わたしなんかも親戚のひとたちにたのまれて、ずいぶん忠告したんですが、どうしても思いとどまろうとはしませんでしたね。ほら、ここが寝室なんですが、あの壁のうしろに抜け穴がつくってあるんですよ」

じっさい、それは妙な部屋だった。表現派の舞台をそのまま建築に応用しようとしたかのように、線も面も円もすべてのものがいびつになって、奇妙なくいちがいのうえに、かろうじて平衡を保っている。……と、建物全体がそういう感じなのである。だから、だれでもこの家のなかにあまり長くいると、人間が垂直に立って歩くのが、不自然なような錯覚をおぼえるくらいだ。

「ほら、ここが抜け穴の入り口なんですがね。ここにすべり戸か、電気じかけのどんでんがえしでもつけるつもりだったんですな。ここをおりていくと塀の外の、裏の崖《がけ》へ出られるようになっているんですよ」

壁には三角とも五角とも八角とも、わけのわからぬ孔がつくってあり、その奥にもうひとつ壁があって、そのふたつの壁と壁とのあいだのわずか半メートルほどの間隙をコンクリートの階段が、まっ暗な闇《やみ》のなかへ落ちている。

「署長さんはこの抜け穴をお通りになったことがおありですか」

「ええ、ずうっとせんにね。わたしゃこのとおり太ってるもんですから、途中で息苦しくなって弱りましたよ。信さんは細っこい男でしたから、これでも大丈夫だったんでしょうがね」

「いまでもこの抜け穴、抜けられるんですか」

「抜けられるそうですよ。この高原へ遊びにきたひと、みんなホテルできいて、珍しがってここへ見物にくるんですね。そういうお客さんたちのなかの物好きな御連中が、おもしろがって抜けてみるそうです」

「じゃ、これ、いまじゃこの高原の名物になってるってわけですか」

「そうです。そうです。故人の親戚じゃ外聞を悪がって、つぶしてしまいたいんですが、なにしろこのとおり、がんじょうなコンクリート建てでしょう。こわすとなるとたいへんな金がかかるんですな。それでこうしていたずらに、化け物屋敷の醜名を天下にさらして、物わらいの種になってるというわけですな。それじゃひとつ展望台へあがってみましょう」

　それでも展望台へあがったときには、金田一耕助も感嘆の声をはなたずにはいられなかった。

　そこから見るとT高原が、ほとんど一望のもとに見渡せる。春のおそい高原でも、五月の終わりともなれば樹々《きぎ》の梢《こずえ》もいっせいに緑をふいて、紫外線の多い高原の朝の陽光のもとに、もえるように強烈なマスをつくっている。その緑のあいだをつづるように点々として、それぞれ凝ったカッテージやバンガロー、あるいは日本家屋の屋根などが見える。草原には緬羊《めんよう》の群れがのろいモーションで草を食《は》んでいた。

「署長さん、この景色だけは狂人の幻想としては大できじゃありませんか」

「そうです。そうです。あの家のなかの変てこれんな舞台装置に、いくらか頭が変になったひとも、ここへ出るとほっとするんですな。こうしてみると気ちがいさんも、相当の演出家だったということになりますな。あっはっは、金田一さん、あれがあなたの泊まってらっしゃるたからホテルですよ」

そのホテルはふたりがいま立っている化け物屋敷から、さしわたしにして三百メートルほどしかないのだが、あいだに渓流をへだてているので、橋をわたってここへくるには、二千メートルほど迂回《うかい》しなければならぬ。そのホテルのまえに、いま大きな自動車がついていた。

「おや、金田一さん、大きなバスがついてるようだが、団体客でもあるんですか」

「ああ、そうそう、東洋キネマのロケ隊がくるとかいっていましたが、その連中じゃないですか」

「ああ、それは……それは……それじゃにぎやかになっていいといいたいが、騒々しくてご迷惑じゃないですか」

「そうですね。ぼくはそれほどではありませんが、高柳先生はお困りでしょうね」

「高柳先生というと……？」

「ほら、さっき署長さんが感心していらした奥さんね。あのきれいな奥さんのご主人で、もとS大の教授をしていらした高柳慎吾先生。停年でおよしになって、いま著述に専念してらっしゃるんですが、こちらへ仕事をもっていらしているようですからね」

「ああ、そう」

と、金田一耕助のあいては目をまるくして、

「しかし、停年といえばもう相当のお年齢《とし》でしょう。あの奥さんはとてもまだおわかいじゃありませんか」

「そう、三十二、三というところでしょうね」

「ふうむ」

と、あいてが奇妙なうめき声をあげたので、金田一耕助は思わずぷっと吹きだした。

「署長さん、いやに感服しましたね」

「あっはっは、いや、どうも。すると高柳先生というひと、なかなか艶福家《えんぷくか》でいらっしゃるんですな。つまり老いらくの恋というわけですか」

「そうそう、あの奥さまとご結婚なすったとき……たしか一昨年の暮れだったと思いますが……やはり新聞にそんなことが書いてありましたよ」

「いったい、あの奥さんはどういうひとなんです。一昨年、結婚したとすると、まさか初婚じゃないんでしょう」

「ああ、ご存じじゃありませんか。朝倉加寿子といって、レコード歌手だったんですよ。いまじゃもう引退してますがね。先生が三度めのご主人になるわけです」

「三度めえ？」

金田一耕助のあいてはまた目をまるくした。その驚きのなかにはいくらか不快そうな色もまじっている。

「まあ、なんですね。非常な情熱家なんですね。だからパッともえあがって結婚するが、その情熱がさめてくると、……ふつうは情熱がさめても、いったん結婚したのだからと、なんとなく辻褄《つじつま》をあわせていくもんですが、あのひとにはそれができないんですね。やはり芸術家なんでしょうね。だから、悪くいうひとは、恋愛放浪者だなんていいますが、ぼくはむしろ、じぶんの感情にたいして正直でいいと思うんですよ」

「いくら正直だからといって……」

と、金田一耕助のあいてははなはだ不平らしかった。

「それじゃあまり節操がなさすぎるじゃありませんか」

「そういえばそうですけれど、あのひとをよくしってるひとたちは、あんまり悪くいわんようですね。かえって逆に、非常に無邪気で、正直な婦人だとほめてますね。別れたせんの旦那《だんな》さんがたに会っても、じつにサバサバしたもんですね」

「それじゃ、別れたせんのご亭主《ていしゅ》にあったりすることがあるんですか」

「ええ、それは……べつにけんか別れをしたわけじゃなく、おたがいにとっくり話しあったのち納得ずくで別れてるんですからね」

「いったい、どういうひとたちです。せんの旦那さんたちというのは……？」

「最初のご主人は映画監督の伊吹《いぶき》雄三でしたね、たしか……レコード歌手をしているじぶん、音楽映画かなんかに出たのがキッカケだったようです。終戦後まもなくのことでしたが、それが二年ほどして別れて、こんどは都築《つづき》弘という人物と結婚したんです」

「なにをするひとですか。その都築というのは……？」

「新聞記者ですよ。K新聞の社会部記者で、飲んべだけれど、筆も立つし、なかなか有能な人物です。ぼくはその都築というひとをちょっとしっていて、そのひとといっしょにいるじぶん、あの奥さんに会ったことがあるんです」

「都築さんとはどのくらいつづいたんですか」

「やはり二年くらいでしたね」

「それでこんどのご主人とはどうしてしり合ったんですか。学者とレコード歌手とじゃ、ちょっとつりあいがおかしいが……」

「さあ、そこまではしりませんが、ぼくも新聞で結婚の記事を読んだとき、ちょっとおどろきましたね。いや、それよりもこんどこちらへ来たら、あのご夫婦がいらしたにはおどろきました。先生にお目にかかるのはこんどがはじめてですが……」

「ご挨拶《あいさつ》なすったんですか」

「ええ、奥さんが紹介してくだすったもんだから」

「せんの亭主の知り合いだといって？」

「ええ、そう」

「それじゃ、先生、不快にお思いになりゃしませんでしたか。じぶんの家内の先夫の知り合いだなんて……」

「あっはっは、べつにそんなふうもお見せじゃなかったんですね。皆さん、ちゃんとわりきってサバサバしているんですね」

「いくらサバサバしているからって、……わたしならいやだな」

と、金田一耕助のあいては吐きだすように、

「それじゃ、高柳先生というかた、しあわせじゃありませんぜ、そんな高齢になって、二度も三度も亭主をかえるような女を妻にして……わたしなら、そんな女、いかにべっぴんだからってまっぴらですな」

真剣になって憤慨したものの、すぐその憤慨の見当ちがいであることに気がついたのか、

「あっはっは、そういうご婦人なら、なにもわたしみたいな朴念仁《ぼくねんじん》と結婚しようたあいわないだろうから、ま、大丈夫ですけれどな。あっはっは！　金田一さん、それじゃボツボツおりましょうか」

展望台をおりてさっきの寝室のまえまでくると、

「どうです。金田一さん、ひとつあの抜け穴を通ってみませんか。善光寺に戒壇めぐり

というのがあるでしょう。ちょうどあんな感じですよ。それっこそ鼻をつままれてもわからぬという、まっ暗がりで……」

「そうですねえ。またこんどにしましょう。ほんとのことをいうと、ぼく腹がへってるんでね」

「あっはっは。それじゃまっすぐにかえりましょう」

ふたりはまもなく、奇妙な化け物屋敷を出たが、金田一耕助もあいての人物も、それからまもなく、いやがおうでも、その抜け穴を通らねばならぬはめになるだろうなどとは、そのとき夢にも気がつかなかったのである。

二

そもそも金田一耕助が、信州那須市のちかくにある、このT高原へやってきたというのは、べつに目的があったわけではない。

東京のほうで立てつづけに、ふたつほどやっかいな事件をかたづけた金田一耕助は、いくらか過労ぎみだった。肉体も精神もうちつづく緊張から、しばしの解放を希望していることを、金田一耕助は切実に意識した。

そこでにわかに思いたって、ふらりとやってきたのが信州の那須である。

耕助はかつてこの那須市きっての大財閥犬神家に起こった血で血を洗う連続殺人事件

た。

を調査のうえ、複雑な謎《なぞ》をといたことがあるが、そのときしり合ったのが橘《たちばな》署長だっ

　そこで、那須の湖畔に宿をとると、耕助は思いついて署長に電話をかけてみた。電話のうえででも挨拶をしておこうと思ったのだ。ところが予想以上に署長がなつかしがって、その夜、さっそくホテルへやってきた。そこで、いろいろ昔話に花を咲かせているうちに署長がこの高原を推薦《すいせん》したというわけである。

　話をきいてみるとよさそうなので、耕助はふた晩那須へ泊まったのち、この高原へやってきたのだが、そこではからずも出あったのが、旧知の加寿子夫人だった。にぎやかなことの好きな加寿子は、この高原をさびしがって、しじゅうじぶんの友達や、先生のお弟子さんを呼びよせているくらいだから、金田一耕助にここで会ったことをとてもよろこんだ。耕助も退屈したときの話あいてができたことをよろこんだ。

　こうして五日ほど滞在しているうちに、きょうの週末を利用して、那須から橘署長がやってきたのだ。署長がやってきたとき、耕助はちょうど朝の散歩に出ようとして、玄関で加寿子夫人と立ち話をしていたところだったが、お散歩ならわたしもいっしょに……と、橘署長もついてきて、耕助をあの奇妙な化け物屋敷へ案内したというわけである。

　じっさい、それは奇妙な建物だった。この高原の崖裾《がけすそ》に、殺風景なコンクリートの塀を見たとき、耕助はいったいなんだろうと不思議に思った。そのうちに加寿子夫人から、あらまし化け物屋敷のたたずまいを聞かされたが、大迂回《うかい》をしなければならないのがお

っくうなのでとうとうきょうまで訪れる機会がなかったのである。

それをきょう橘署長に誘われるままにきてみると、想像していたよりははるかに変てこれんな建物だったのに一驚した。

いったい建築物というものは、完成してみてはじめて美しさを発揮するものである。ところがこの家は未完のままでしかも廃墟《はいきょ》として放置されているのだから、金田一耕助はその塀のなかへ一歩足を踏みいれたせつな、妙なわびしさと同時に、なんとなく、ひとの心をいらだたさずにはおかぬような、一種異様なすさまじさにおそわれた。

建物全体のすべてが均衡を無視していた。さっきもちょっといったように、線も角も平面も、なにもかもがいびつにゆがんで、思いがけないところに窓があったり、とんでもないところに入り口があったりした。いってみれば粘土でふつうに造った家を、巨人の手で半分ぐしゃっと押しつぶしたという感じなのである。すべてがちんばで斜視的だった。

しかもそれが装飾的なうわ塗りもなく、しらじらと醜いコンクリートの肌《はだ》をむきだしにして、雑草に埋もれた廃園のなかに放りだされているのだから、すさまじさの印象はいっそう強烈だった。

いったいこのような奇妙な建物を設計した狂人の頭脳には、どのような幻想《げんそう》がやどっていたのだろうかと、橘署長のあとについて廃墟をあとにしたとき、金田一耕助はかすかな戦慄《せんりつ》をおぼえずにはいられなかった。と、同時にかれはその狂人のすさまじい願望というのか、執着というか、その強い意志がなんとなく、哀れに思われてならなかった。

橘署長はしかしそのことより、いまきいた加寿子という女性に興味をおぼえたらしい。

「金田一さん、いまのお話の高柳先生のご夫婦ですがねえ」

「はあ」

「そのご夫婦はおふたりきりでいらしているんですか。どなたもほかには……」

「いや、いま先生のお弟子さんの加納史郎君というのと、奥さんのお友達の佐竹恵子さんというひとがきていますよ。そうそう、それからもうひとり、先生の友人の小泉玄蔵先生……やはりS大の教授だったかたですが、そのひとがぼくより一日おくれていらっしゃいましたがね。それで奥さん大よろこびです。なにしろにぎやかなことのお好きなひとですからね」

橘署長は満月のようにまんまるい顔を、いまいましそうにしかめて、

「しかし、そんなひとでいいんですか。ご主人は学者なんでしょう。学者の奥さんがそうにぎやかなことが好きじゃ困るじゃありませんか」

「いや、にぎやかなことが好きといっても、むやみに騒々しいというんじゃありませんよ。そこはわきまえていらっしゃいますからね。つまりまあ、子供のように無邪気なんですね。きっと、そういうところへ先生は心をおひかれになったんでしょうな」

橘署長はしかしまだ納得がいかないらしく、渋面をつくったまま、

「ところで金田一さん、東洋キネマのロケーションがやってきたとおっしゃいましたね。

それ、奥さんの最初の亭主だった男の一行じゃないんですか」

「あっはっは、じつはそうなんですよ。これにはぼくもちょっとおどろきましたがね」

橘署長はぎょっとしたように路傍に足をとめると、

「金田一さん、それ、ひょっとすると奥さんとその男が打ち合わせでもして……」

「あっはっは、まさかねえ。そのことをホテルの女中からきいたときには、奥さんもびっくりしてましたよ。もっともすぐあとでおもしろそうに笑いころげてましたけどね。打ち合わせなんてことはないでしょう。おそらく伊吹さんのほうでは、なにもしらずにやってきたんじゃないですか」

「それで、先生のほうはどうだったんです。平気でいるんですか」

「いや、先生もちょっとおどろいてらっしゃいましたね。しかし、奥さんがおもしろそうに笑いころげてるんで、つりこまれてにこにこしてらっしゃいましたがね。かえって周囲のひとたち、小泉先生やお弟子さんの加納君などのほうが、いくらかにがにがしげな顔色でしたね。こんなことは案外当事者より、周囲のもんのほうがやきもきするもんなんですね」

橘署長もにがにがしく感じたほうとみえて、それきりむっつりとくちびるをむすんでしまった。

「まあまあ、署長さん、なにもご心配なさることはありませんよ。先生も伊吹さんにお会いになったことがおありのような口ぶりでしたからね。みんなわりきってサバサバしていらっしゃるんだから」

金田一耕助はのんきそうに笑いながら、あいかわらず、もじゃもじゃ頭にくたびれたきものに袴《はかま》という姿で、飄々《ひょうひょう》と高原の風に吹かれていく。橘署長は剣道何段というたくましい体を、地味な背広につつんで、いくらかがにまたの歩きかただった。

しかし、さすがにのんきな金田一耕助も、ホテルにかえって、ロビーのなかでごったがえしている撮影隊の連中のなかから、いきなりとびだしてきた男に、

「金田一さん、これ、いったいなんのいたずらなんですか」

と、にやにやしながら声をかけられたときには、びっくりして目をまるくせずにはいられなかった。

「あっ、都築さん、あなたもいらしたんですか」

「あなたもいらしたあ?」

と、あいてはぐりぐり目玉をまわしながら、

「それ、どういう意味です。おもしろいことがあるからやって来ないかと、あなたのほうから誘いの手紙をくだすったんじゃありませんか」

「な、な、なんですって? ぼくから手紙が……?」

金田一耕助はあまりに思いがけないあいてのことばに、目をパチクリさせながら、

「それ、ほんとうですか。都築さん」

金田一耕助の顔色に、こんどはあいてのほうが目玉をパチクリさせておどろいた。

「あれ！　それじゃあれ、あなたの手紙じゃなかったの。もっとも指を怪我したから字が書けない。妙な手紙で失礼と、あて名もなにもかも、全部新聞を切りぬいて貼《は》りつけてあったんだが……」

　金田一耕助の背後から、橘署長が疑惑にみちたまなざしで、あいての顔色を読んでいる。都築というからには、これが加寿子の二度めの亭主だったという新聞記者の都築弘にちがいない。五尺八寸はあろうという長身で油けのない髪の毛をあっさり左でわけ、色白の、ちょっとした好男子だが、いかにも飲んべらしく白目に血の筋が走って、顔色もさえなかった。年齢は三十五、六だろう。

「金田一さん」

　と、都築は当惑したような金田一耕助の顔色に気がつくと、

「それじゃ、あれ、あんたじゃなかったんですか。ぼくここへくる途中、いぶさんの一行に会ったもんだから、それであなたがいたずらしたんだろうと思ったんです」

「いや、いや、ぼくじゃありません。ぼくはなんにもしらんのですが……」

　お互いに探りあうような顔色で、ふたりがその場に立ちすくんでいるところへ、

「都築君、どうしたんだい。なにをそんなに目を白黒させているんだ」

　と、撮影隊のなかから抜けてきたのは、小鬢《こびん》にちらほら白いものをまじえた中肉中背のこれまたなかなかの好男子で、鼻下《びか》にたくわえた髭《ひげ》が、ちょっと取りすました感じである。

「あっ、いぶさん、ちょっと妙なことがあるんだ。こちら金田一さんだが、例の手紙ぜんぜんおぼえがないというんだ。おれ、なんだか狐《きつね》につままれたような感じだぜ」

伊吹雄三は金田一耕助にちょっと挨拶をして、

「いいじゃないか。そんなこと。……おおかた君におぼしめしのあるむきが、急に会いたくなったもんだから、金田一さんの名前を借りたんだろうよ。なにも気にすることたあないさ。あっはっは」

ドシンとひとつ背中をどやしつけておいて、伊吹はいそがしそうにむこうへいった。

「ふうむ!」

と、都築はくちびるをへの字にむすんでうなっている。

「都築さん、あなた、その手紙をもってますか」

「ええ、ボストンバッグのなかにあるはずだが……もってきましょうか」

「いや、まあ、あとでもよござんす。しかし、まあ、どちらにしてもよくいらした。ところで……と」

と、さすがに金田一耕助もちょっとためらったのち、

「あなた、加寿子さんがここにいることしってますか」

「いやあ。だからてっきりあなたのいたずらだと思ったんです。ここへくる途中、いぶさんの一行に出あったでしょう。おやおやと思ってるうちに、ここへ来ると例のがいるじゃありませんか。いぶさんもぼくもすっかりおったまげて、悪いいたずらだと話して

いたんです。こっちはいいが先方さんがどうかと思ってね。加寿さんはあんな気性だから平気だろうが、旦那さんのほうがね」

と、都築はちょっと声を落として首をすくめる。金田一耕助は五本の指でもじゃもじゃ頭をかきまわしながら、ちょっと考えこむような目つきになる。

いったい、これにはどういう意味があるのだろう。じぶんの名前をかたった人物は、朝倉加寿子の三人の良人を一堂にあつめて、いったいなにを演出しようというのだろう。悲劇か喜劇か、……いやいや、もっと恐ろしいなにごとかが起こるのではあるまいか。

「金田一さん、なんならぼく、このままかえりましょうか。なんだかちょっとこう、変な気持ちになってきましたよ」

割りきっているとはいうものの、夢想だにしないところで、別れた妻にめぐりあうというのは、やっぱりバツの悪いものらしい。

「あっはっは、まあいいじゃありませんか。せっかくいらしたんだから二、三日泊まっていらっしゃい。あらためてぼくからご招待しますよ。そうそう、こちら那須の署長の橘さん、橘さん、こちらK新聞の都築弘氏。さあ、とにかくいっしょにご飯を食べましょう」

食堂は撮影隊の一行でおもちゃ箱でもひっくりかえしたようにごった返していたが橘署長はそのなかからすばやく加寿子をさがしあてた。

柄からいって加寿子はそれほど大きいほうではない。どちらかというとほっそりとして、華奢《きやしや》な体つきなのだが、それでいて、話題のぬしという先入観があるせいか、その存在はひろい食堂を圧している感じだった。ピンク色のアフタヌーンの胸に、真っ赤な薔薇《ばら》のアクセサリーをつけて、豊かな黒髪が肩のあたりでゆるくカールしている。きめの細かな肌がほんのりと小麦色にやけて、目と歯並みがこのうえもなくチャーミングだった。

この加寿子のすぐ隣に座っているのが高柳慎吾だろう。老人ながら骨組みのがっちりとした大きな男で、雪のように真っ白な髪を少しながめにうしろへなでつけ、口髭《くちひげ》もおなじように真っ白だが、広い額にたかい鼻、健康そうに日やけした皮膚の色が髪や髭と対照的で、矍鑠《かくしやく》という文字が、そのままぴたりと当てはまりそうな老人だった。

その慎吾の隣にいるのが友人の小泉玄蔵だろう。顔も体も肉の厚い、血色のよい老人で、ごま塩の髪を手入れよく左でわけている。加寿子のべつの隣には友人の佐竹恵子、その隣には慎吾の弟子の加納史郎が座っている。

ところがおどろいたことには慎吾のすぐまえに伊吹雄三が陣取っていて、ビールのあわを吹きながら、しきりに慎吾や加寿子に話しかけ、おもしろそうに笑い興じているのである。

なにがおかしいのか加寿子はハンケチで口をおさえて、くっくっとわらい入っている。慎吾もにこにこと目じりにしわをきざんでいたが、ふと目をあげて都築を見ると、加寿子のほうへ顔をよせて、にこにこしながらなにやらささやいている。

それに対して加寿子はいやいやをするように首を左右にふったが、その代わりに伊吹雄三がこちらをふりかえった。

「都築君、こっちへおいでよ。なにをそんなに照れくさそうな顔をしてるんだ。先生にゃお目にかかったことがあるんだろう。みんなでいっしょにご飯を食べようよ。こんな機会はめったにねえぜ。あっはっは」

都築がしかたなしに、そばへいって挨拶をすると、加寿子はさすがにほおをそめて、ちらと男の顔に目をやって、

「しばらく。いつもお元気で……」

と、いたずらっぽく目でわらった。

こうしてはからずも一堂に会した加寿子の三人の良人《おっと》が、食卓をともにすることになったのだが、金田一耕助もいったとおり、当事者たちが案外屈託のなさそうなのに反して、友人の小泉玄蔵や弟子の加納史郎のほうがにがりきり、加寿子の友達の佐竹恵子は、真っ赤になった顔をあげることもできなかった。

三

昼食がすむと撮影隊はさっそく活動を開始する。おどろいたことにはあの化け物屋敷が舞台になるらしく、ホテルのそばから渓流をこえて電線をひき、録音用のサウンドワ

ゴンや、起重機のような大きな撮影用のクレーンが、廃園のなかにはこびこまれた。

二時ごろには俳優たちのメーキャップもできたのか、スタッフ一同バスに乗って出発した。

「やれやれ、これでやっと静かになった。なるほどこれじゃ高柳先生も勉強どころじゃありませんな」

二階のベランダへ籐《とう》いすをもちだすと、橘署長もはじめてゆっくりくつろいだ。まだ季節がはやいので客も少なく、ベランダに出ているのも金田一耕助と橘署長だけである。高柳慎吾は弟子の加納史郎とともに部屋へとじこもり、加寿子は友達の恵子と散歩に出かけた。あるいは撮影隊を見物にいったのかもしれぬ。小泉玄蔵もやはり部屋だろう。

高原はもとののどかな静けさを取りもどしたが、それでもおりおり渓流のむこうから、どなり声がきこえてくる。あの化け物屋敷は高い不細工な塀《へい》にとりかこまれているので、展望台しかみえないが、いま、その塀のなかで撮影が進行しているのだろう。

「金田一さん、この手紙なんですがね」

と、部屋のなかから都築弘が、本のあいだにはさんだ手紙をもってきた。

見るとこのたからホテル備えつけの封筒の上に、都築の住所番地と名前が、新聞からでも切りぬいたらしい大小不ぞろいの活字でつづりあわせてある。なかから便箋《びんせん》をとりだすと、これまたホテル備えつけの便箋に、おなじく大小不ぞろいの活字の切り抜きがはりつけてあった。

つづき弘さま

いま高原のこのホテルにいる。おも白いことがあるからぜひいらっしゃい、指をケガしたのでこんなヘンな手紙でごめん。

金田一こう助

橘署長はまんまるい顔をしかめて、

「なるほど、これじゃだれのいたずらにしろ、このホテルにいるものにゃちがいありませんな」

「これが金田一さんのご存じないこととすると、ぼく、なんだか気味がわるいな」

金田一耕助は大小不ぞろいのその切り抜きからなにかを探りだそうとするかのように、ながめたりすかしたりしていたが、やがてぼんやり顔をあげると、

「ところで伊吹さんですがね。あのひとどうでした。ここに加寿子さんがいることを知っているようでしたか」

「いや、ぜんぜん。ぼくは途中からバスに乗っけてもらったんですが、ぜんぜんそんな話はなかったし、ここのロビーで思いがけなくあのひとと顔をあわせたときにゃ、ふたりともびっくりしてしまったんです」

「いずれにしても妙な話ですな。いたずら者はいったいなにを企んでいるんでしょうな」

「そうですね。べつに大したことないんじゃないですかね。伊吹さんが来ることになってるときいて、それじゃついでに都築君も呼んでみようと。……その程度のかるい冗談じゃないでしょうかね」

「いずれにしても、ぼくはあまり長居しないほうがよさそうだ。今晩ひと晩とめてもらって、あしたはそうそうに退散しますよ」

それにたいして金田一耕助はべつに意見をさしはさまなかった。

化け物屋敷における撮影は、夜になってもつづけられているらしく、塀のなかから煌々《こうこう》たるライトの反射が、高原の夜空たかくもえあがって、おりおり喧噪《けんそう》の声が、ホテルの部屋まできこえてきた。

その夜の十時ごろ、撮影をおわってかえってきた伊吹雄三を見ると、どうしたことか左腕をつっていた。ライトが倒れて左腕をくじいたということだが、そのほかには、橘署長や金田一耕助の淡い危惧《きく》にもかかわらず、何事もなくすぎて、さて、翌朝の九時ごろのことである。

金田一耕助と橘署長は二階のベランダにトーストとミルクを運ばせて、かるい朝食をとったが、都築の姿は見えなかった。ボーイにきくと、朝八時ごろ起きて散歩に出かけたという話である。撮影隊の一行は例によって出発まえのひと時を、ロビーでごったかえしている。伊吹の姿が見えないので、助監督にきいてみると、化け物屋敷の撮影はまた今夜つづけるが、昼間は牧場のシーンを撮るということだった。

撮影隊の一行ががやがやと出かけていくのと入れちがいに、高柳先生と小泉先生がつれだって、散歩からかえってくるのがベランダから見えた。高等学校以来の親友といわれるこの二老人は、恋人同士のようになかがよくて、腕を組まんばかりの格好が、ベランダから見ても快かった。ふたりはなにやら議論をしているらしかった。

じっとりと汗ばんだ二老人が、ホテルのベランダへ出てきたとき、べつの方から都築弘がかえってきた。都築はベランダにいる金田一耕助の姿を見ると、子供のように手をふった。

「やっこさん、どこへいってたのかな。化け物屋敷でも見物してきたのかな」

金田一耕助がつぶやいたとき、とつぜん橘署長があっとさけんで耕助の腕をつかんだ。

「金田一さん、金田一さん、あれ！　ほら、あの化け物屋敷の展望台のうえ……」

橘署長の声の調子に、そのときホテルのベランダにいたひとたちは、いっせいにそのほうをふりかえり、思わずぎょっと呼吸《いき》をのんだ。

展望台のうえで男と女がもみあっていた。三百メートルもはなれているので、顔のかたちは見えなかったが、女のかぶった真っ赤な帽子が印象的だった。男は胸壁のうえにあおむけに女をおさえつけてぐいぐいとのどをしめつけている。女の抵抗がしだいに弱まり、完全に呼吸がとまったところで、男は女の体を抱きあげて、胸壁のうえからしたへ投げおろした。それから身をひるがえして胸壁のむこうにかくれてしまった。

こう書いてくると、相当時間がかかったようだが、じじつは、あっ、という一瞬の出たのである。

来事だった。橘署長が気づいたときには、すでに女は胸壁のうえにおさえつけられてい

「金田一さん、ありゃいったいどうしたんです」

橘署長はベランダのはしでのびあがって、いまにもとび出しそうな目玉をしている。

高柳先生も小泉先生も、いすから立ちあがってびっくりしたような顔つきだった。

「署長さん、あれ映画の連中じゃないんですか」

「だって映画の連中は、きょうは牧場のほうだといってたじゃありませんか」

「それもそうですが、牧場のほうに用のない役者が、あそこで稽古《けいこ》をしてるんですよきっと。……だって、あれがほんとの事件なら、当然、女のほうが声をたてて助けを呼ぶはずだから」

「それもそうですな」

金田一耕助と橘署長は、いったん立ちあがったいすから腰をおろしたが、高柳先生と小泉先生は、ベランダの端に立ったまま、茫然《ぼうぜん》として展望台のほうを見ている。ふたりとも血の気のひいた顔がまっさおだった。

「高柳、いまのあかい帽子、加寿さんのに似てやあしなかった」

そういう小泉先生のほうを、ギクッとふりかえった高柳先生の顔色は、まるで幽霊でも見たひとのように土色になり、額にいっぱい汗がわきだしている。

「そんな……そんなばかなことが……」

「いや、ごめん、ごめん」

小泉先生はまるでだだっ子をあやすように、

「あれが加寿子さんだったというんじゃないよ。だけどあれがだれにしろ、あそこから投げだされりゃ、相当の怪我をしているにちがいない。芝居の稽古ならともかくもね」

金田一耕助もしだいに胸騒ぎをおぼえてきて、まじろぎもせずに展望台のほうを見つめている。撮影の稽古ならなにかまたつづいて起こるかもしれない。

しかし、何事も起こらなかった。化け物屋敷は森閑として、高原のゆたかな陽光を、しらじらと跳ねっかえしている。

一同が茫然としてそのほうを見つめているとき、都築弘がベランダへ出てきた。

「どうかしたんですか。何かあったんですか」

都築は探るように一同の顔を見まわしている。

「いやね、いま妙なことがあったんです。あの展望台のうえで、男と女がもみあっていたんだが、男のほうがとうとう女ののどをしめあげ、展望台からしたへ投げおとしたんだ」

都築はびっくりしたように目をまるくしたが、すぐのどのおくで笑うと、

「あっはっは、そんなばかな……」

「そんなばかなといって、ここにいる四人がげんざい目撃したことなんですからね」

「しかし、それじゃ、なぜみんなこんなに落ちついているんです」

「それがね、果たして現実の出来事なのか、それとも映画の稽古じゃないかということが、いま問題になっているんです。都築さん、あんたあの化け物屋敷へいかなかった？」

「いいや、ぼくはあっちのほうへいかなかった」

「金田一さん、いってみましょう」

橘署長が決然としていすから立ちあがった。

「映画の稽古なら稽古でいいじゃありませんか。ちょうど腹ごなしの散歩にいいですよ」

「高柳、われわれもいっしょにいってみようじゃないか。加寿さんはいったいどこへいったんだ」

「加寿子は……加寿子は朝はやく出かけたようだが、加納君や恵子さんといっしょじゃなかったかしら」

「とにかく、いってみよう、気になるから」

「うん、だけど……おれ、なんだか怖いよ。小泉、おまえいまのを加寿子だというのかい」

高柳先生の土色の顔は、子供がベソをかくときのようにゆがんでいる。

「だからそれをたしかめにいこうというんだ。とにかくいっしょにいこう」

「都築さん、あんたもいっしょにいかない？」

金田一耕助が誘ったが、

「いや、ぼくはよそう。まだ飯を食ってないので腹がへったよ」

そこで金田一耕助と、橘署長、高柳先生と小泉先生の四人が化け物屋敷へ出むいていった。金田一耕助もしだいに胸騒ぎが大きくなるのをおぼえながら、

「ところで皆さん、だれか男のようすに気がついたかたがおありですか」

しかし、それにたいしてだれも答えるものはなかった。

ただ洋服を着た男……と、それだけの認識しかだれもなかった。

じっさい、人間の記憶や観察力ほどあやふやなものはない。それもあらかじめ何事かが起こるであろうと注意しているばあいはともかくとして、通り魔のようにとっさに起こったいまの出来事……それに三百メートルという距離と胸壁という障害があったので、顔はもとよりのこと、すがたかたちまで識別がつかなかったといっても、かならずしもかれらを責めることはできないだろう。

たからホテルから化け物屋敷まで、直線距離にして三百メートルだが、まえにもいったようにそのあいだをふかい渓流がながれているので、渓流の下流の橋をわたっていくには二キロの迂回をしなければならぬ。しかも、渓流のこちらがわは下り坂だが、むこうへわたると登り坂になるから、老人づれの脚ではどうしても半時間はかかるのだ。

一同がやっとあの化け物屋敷の正門を見る坂の途中までやってきたとき、とつぜん、門のなかからひとりの女がとびだしてきた。女は一同の姿を見ると、その場に立ちどまって狂気のように手をふった。

「あっ、皆さん、はやく来てぇ！　加寿子さんが……加寿子さんが……」

金田一耕助はそのとたん、大きな鉄槌《てっつい》でガァーンと一撃くらったようなショックを感じて、反射的に高柳先生のほうをふりかえった。高柳先生は路傍に立ちすくんだまま、見動きもできなくなった顔色である。

「佐竹さん、佐竹さん、加寿さんがどうしたというんだ」

小泉先生が高柳先生をかかえるようにして大声でたずねた。

「加寿子さんがこのおうちのなかで死んで……」

恵子はとつぜん、ヒステリーの発作におそわれたように泣きだした。

「高柳、しっかりしろ。金田一さん、あなたがたはひと足さきにいってください。わたしはあとから高柳といっしょにいきます」

橘署長はそのときすでに駆けだしていた。

金田一耕助もそのあとから袴《はかま》の裾《すそ》に風をはらませて走っていった。空濠《からぼり》にかかっている橋をわたって門のなかへとびこんだとき、金田一耕助はあやうく高柳先生の弟子の加納史郎とぶつかりそうになった。

廃園のなかはきのうとはだいぶんようすが変わっている。夜間撮影につかうライトがあちこちにとりつけてあり、庭のすみにはクレーンが放りだしてあった。雑草のなかを蛇《へび》のようにはっている電気のコードをよけながら、見当をつけておいた展望台のしたまでくると、表現派ふうの土台石のうえに、大きく血が散っており、そのそばに加寿子の死体があおむけにころがっている。展望台から投げおとされたとき、土台石で後頭部をうったとみえて、雑草のなかに横たえた黒髪のしたに、大きな血だまりができている。スーツの胸もとが少し乱れて、むきだしになった白いのどに、なまなましい指のあとがついていて、あかい帽子が三メートルほどさきにころがっていた。

そこへ高柳先生が小泉先生に腕をとられて、よろめくように入ってきた。

四

「はじめのうちわれわれは、奥さんがあそこに倒れていらっしゃることに気がつかなかったんです」

と、加納史郎はつらそうに、高柳先生から目をそらして、このいたましい発見について語りはじめた。

「じつは今夜、佐竹さんが東京へおかえりになるというので、それでは記念撮影をしましょうと朝ご飯を食べるとすぐホテルを出て、この裏山でいろいろ撮影をしたんです。それからさっき崖《がけ》をおりて、崖下の入り口から抜け穴を通ってこの廃墟のなかへ入ってきたんです。ご存じかどうかしりませんが、こちらの抜け穴の入り口は二階にあるんです。そこから抜け穴を出てしたへおりてくると、撮影用のライトやなんかおいてあることにあのクレーンが……」

と、死体から数メートルほどさきにすえつけてある撮影用のクレーンを指さして、

「珍しいので、あれを利用してなにかおもしろい撮影をしようと、ふたりでうえへあがってあたりを見まわしているうちに、あのお亡骸《なきがら》が目についたんです」

と、加納史郎は呼吸をのみ、

「ご覧のとおり奥さんは、あおむきにたおれていらっしゃるんですから、すぐそれがだれだかわかりました。ぼくも佐竹さんもびっくりしてしまって……ことに佐竹さんは女ですから危うくクレーンからおりて、そばへよってみると、もうこときれていらっしゃることがわかったので、佐竹さんにホテルまで走っていただこうと思っていたところなんです」

「そのとき、死体にさわったりしやあしなかったでしょうな」

橘署長が念をおした。

「はあ、それはもちろん。のどのところの指の跡から、ひとめで他殺だとわかったもんですから。……」

「それであなたがたはこのへんで、だれかにお会いじゃなかったですか」

「いいえ、べつに……そうそう、だれにも会いはしませんでしたが、抜け穴のなかでこんなものを拾ったんです。佐竹さんの足にさわったんですね」

加納史郎がポケットから取りだしたのはライターだったが、その表面に彫ってある土人の首のような模様を見ると、橘署長と金田一耕助は思わず顔を見あわせた。

昨夜十時ごろ伊吹雄三が左腕をくじいてかえってきたとき、橘署長が応急手当をしてやった。橘署長は柔道もやるので骨つぎの心得もある。そのあとで署長がたばこをくわえると、すばやく雄三がライターを出した。そのライターに彫った模様が珍しかったので話題になり、したがってふたりの頭脳につよく印象づけられているのである。

それでは伊吹雄三はけさここへやってきて、抜け穴のなかを通ったのであろうか。金田一耕助と橘署長の脳裡《のうり》を、ふいと疑惑の影がかすめて通った。

「署長さん、それじゃ先生がたにはいったんここをひきあげていただいたらどうでしょうか。そして、村の警官に報告していただくんですな」

廃園の、雑草にうずもれた日時計のうえに腰をおろして、両手で頭をかかえこんでいる高柳先生のいたましいすがたを見ると、金田一耕助はそういわずにはいられなかった。

「はあ、でも、そのまえにちょっと……」

と、橘署長はうなだれている高柳先生のほうをふりかえって、

「先生、あなたは奥さんがきょうここへいらっしゃるということをご存じでしたか」

だが、高柳先生がこたえるまえに、そばに立っている小泉先生が口をはさんだ。

「加寿さんは毎朝食事のまえに、散歩するのが日課になっているんです。連れのあるときもあるが、ひとりのときのほうが多いんだ。きょうもひとりで出かけたので、あとから出たわれわれ、どこへいったかななどと話していたんだが、べつに探しもしなかったんだ」

「先生がたはいっしょにホテルをお出になったんですか」

「いや、ホテルを出るときは高柳のほうがひと足さきだったんだが、すぐわたしが追いついて……」

「いや、ありがとうございます。署長さん、ほかになにか……」

「いや、けっこうです。どうぞお引きとりになってください」

「金田一さん、われわれは……？」

加納史郎がたずねた。金田一耕助が署長の顔を見ると、

「もうほかになにもおっしゃることはないでしょうね。だれか裏山であったようなひとは……」

「いいえ、だれにも会いませんでした。ねえ佐竹さん」

佐竹恵子はまだハンケチを目におしあてたままうなずく。

「そうですか。それではお引きとりください。気がおつきになったことがあったら、あとでまたうかがいますから。それからむこうへおいでになったら、できるだけはやく医者と警官をよこすようにと。……」

「承知しました」

「それじゃ、金田一さん、加寿さんの亡骸はよろしくたのみますぞ」

傷心のため歩行も自由にならぬほど、うちひしがれている高柳先生を、小泉先生と加納史郎が慰めながら廃園を出ていくと、金田一耕助と橘署長は思わず顔を見あわせた。

老いらくの恋の果て。……そんなことばがふとうかんで、金田一耕助はいたましさに

胸がいたんだ。

「金田一さん、どうでしょう、動機はやはり痴情関係にあるんでしょうな」

「さあ、どうでしょうかね。われわれはとにかく犯行の現場を目撃してるんですからね。まあそのへんをお調べになったら……」

そんなことは署長の役柄ではなかったけれど、それでも最初に駆けつけてきた警察官として、署長は死体のまわりを調べてみたが、足跡ならありあまるほどあった。

なにしろ昨夜おそくまで撮影がつづけられていたので、雑草はさんざん踏みしだかれているうえに、クレーンをあちこちひきずりまわしたと見え、そこらじゅうの草がねていた。

「これじゃだめですな」

と、署長はあきらめたように、

「金田一さん、それじゃひとつ展望台へあがってみようじゃありませんか」

展望台へあがってきたふたりの目にいきなりとびこんできたのは、そこに落ちている豪華な鰐皮《わにがわ》のハンドバッグである。

「金田一さん、あのハンドバッグは……？」

「加寿子夫人のものですよ。ひょっとすると犯人の指紋がついているかもしれませんから、あのままにしておきましょう」

ふたりは展望台からのりだしてしたをのぞいたが、そこからではよほどのりださなければ死体は見えない。この展望台はすぐしたの寝室より、一メートルたらず前へせりだしているのである。

「ねえ、金田一さん、ここから落ちたとしたら、あの死体の位置、少しおかしかありませんか。もっと外側へ落ちるはずだが……」

「いや、ぼくもそれを考えていたんですが、ほら、いったんこの樹《き》に衝突して、それから内側へはねとばされたんですね。ほら、木の枝が折れてぶらさがっている」

展望台のちょうど足下に赤松の梢《こずえ》が枝を張っていたが、こちらをむいた枝の一本がポッキリ折れてぶらさがっている。そういえば死体のまわりに松笠《まつかさ》がいっぱい落ちていた。

展望台で足跡を探したが、これはかたいコンクリートなので、探すほうがむりだった。

「ねえ、金田一さん、それにしてもあのときあの婦人は、なぜ声を出して助けを求めなかったんでしょうね。ここで叫べばあのベランダへきこえるはずですがね。もっともきこえたからって、どうしようもありませんが……」

「それはねえ、署長さん、極度の恐怖におそわれると、なかなか声なんて出ないらしいですね。東京の住宅街で真っ昼間、留守番の奥さんが殺されるって事件がよくありますが、それなんかもみんなそうなので、舌がこわばってしまうんですな」

「まあ、そんなもんでしょうかねえ。それじゃ、金田一さん、抜け穴のなかを探してみようじゃありませんか」

二階の壁のすきまから抜け穴のなかへ入っていくと、こもった空気が鼻も口もふさいでしまうように息苦しかった。さいわい、いま加納から受けとったライターがあるので、それで足下を照らしながら危なっかしい階段を一段一段おりていく。なるほど小柄な金田一耕助でさえ、あまり楽ではない広さだから橘署長はいかにも窮屈そうだった。

　やがて階段をおりると、背をかがめてやっと歩けるくらいのせまいトンネルができている。トンネルもコンクリートでかためてあるが、ところどころ漏水が相当はげしかった。このトンネルを二十メートルほどいくと、こんどはそこから逆の方向に階段がついている。この階段のしたまできたとき、署長はおやとつぶやいて、床からなにやら拾いあげた。

「署長さん、なんですか」

「金田一さん、紙の燃えがらですよ。ライターを落としたので、紙に火をつけて探したんじゃないでしょうかねえ」

「しかし、ライターをもってるものが、マッチをもってるはずがありませんが……おや、署長さんどうかしましたか」

「金田一さん、金田一さん、これ……」

　署長が息をはずませて、ふりかえりざま金田一耕助の鼻さきにつきつけたのは、なんと、きのうの午後ベランダで、都築弘から見せられた、あの切り抜きの活字をつづりあわせた手紙の燃えがらではないか。

　ちらちら燃えるライターの光のなかで、ふたりは思わず顔を見あわせた。

それでは都築弘もけさここへやってきて、やはりこの抜け穴を通ったのか、しかし、さっきかれは、こっちのほうへ来なかったといったではないか。

「とにかく署長さん、ここを出ましょう」

金田一耕助は息苦しさにたえかねて、のどのつまるような声をあげた。

抜け穴から外へ出ると、そこはあの化け物屋敷の塀《へい》外の崖《がけ》のしたで、入り口のすぐかたわらに裏山へのぼる路《みち》がついている。

「署長さん、この路をのぼるとどこへ出るんです」

「いろいろ路があるようですが、そのひとつはあの渓流の上流へ出て、そこに丸木橋がかかっているんです。そうそう、さっき都築君は、そっちの路からかえってきたようでしたね」

金田一耕助と橘署長は、またしばらく顔を見あわせていた。

「すると、とにかくけさわれわれをのぞいて、四人の男女がこの抜け穴を通ったことになるんですね。加納君と佐竹さん、このふたりはみずからそれを認めているが、そのほかにまだ確認されていないが、伊吹監督と都築君……」

金田一耕助はうなずいて、

「署長さん、それじゃ足跡を探してごらんになったら。……ここは日陰で土もしめっているから、このとおりずいぶん足跡がのこっているじゃありませんか」

なるほど、抜け穴の入り口のすぐまえには、ごちゃごちゃと入り乱れた足跡が、ずいぶんたくさんのこっていた。おそらくそれは、きのうの撮影のあいまにスタッフの連中が、おもしろ半分に抜け穴を抜けてみたのだろう。しかし、それらの連中は、いちど外へ出るとすぐまた引きかえしたとみえて足跡はそれほど遠くまでいっていないが、なかに四種類の靴《くつ》跡が、崖を登る坂のしたまでつづいている。そのうちの二種類は崖のほうからくだってきたもので、そのうちのひとつは明らかに女の靴跡だから、これが加納と恵子だろう。

そして、ほかの二種類の靴跡はどちらも男で、ともに崖をのぼっている。しかも、どの靴跡もどこでも交錯していないから、ひょっとするとふたつの靴跡のぬし、すなわち伊吹雄三と都築弘は連れだっていたのではあるまいか。

「あっ、署長さん、そうです、そうです」

と、金田一耕助が思いだしたように叫んだ。

「さっきライターをもっているものが、マッチをもっているはずがないと申しましたが、都築君がマッチをもっていたんですね。それで伊吹さんがライターを落としたとき、じぶんのマッチに火をつけて、しかしマッチだけでは心もとなかったので、この手紙に火をつけてもやしたんですね。だから、伊吹さんと都築君はいっしょにあの抜け穴を通ったんですぜ」

被害者の良人《おっと》がふたりつれだって、この抜け穴を通っている。そして、その直後にかれらのかつての妻だった女が殺害された。……そこになんらかのつながりがあるのではないかと橘署長は考えるのだが、しかし犯行の起こったときは、都築はじぶんの眼前にいた。……

橘署長はいまいましそうに小鬢《こびん》をかいていたが、金田一耕助はなおも足跡を追いながら、

「署長さん、もう少しさきまでいってみましょう」

崖をのぼって二百メートルほど足跡をたどっていったが、そこまでくると路がふたつにわかれていて、ひとつは山へ、ひとつは渓流のほうへおりている。そして、男と女の靴跡は山のほうからおりてきており、男ふたりの靴跡は渓流のほうへおりている。だが、ここへくるまで四種類の足跡が、どの個所でも重なったり、交錯したりしていないのが金田一耕助を満足させた。

「それじゃ、署長さん、もういちど現場へもどりましょう」

と、金田一耕助は署長をうながして、いまきた路を引きかえしながら、

「それはそうと署長さん、われわれがあの犯行を目撃したのは何時でしたっけね」

「九時二十分でしたよ。わたしは本能的に時計を見たんです」

「ああ、そうするともう一時間半たったわけですね」

金田一耕助は時計を見ながらボソリとつぶやいた。時刻はいま十一時五分まえである。ふたりがまたあの抜け穴を通って、廃園へかえってくるとまもなく、村の警官が駆けつけてきた。医者がくるまでにはまだまだひまがかかるのである。

五

中食にホテルへかえってきた撮影隊の連中は、化け物屋敷で殺人事件があった、しかも被害者というのが監督のわかれた妻だときいて驚倒していた。

撮影隊が引きあげてくる少しまえに、ホテルへかえってひと間で打ち合わせをしていた金田一耕助と橘署長は、さっそく片腕をつった伊吹雄三にとっつかまった。

「金田一さん、金田一さん、高柳先生の奥さんが、あの廃園で殺されたというのはほんとうですか」

伊吹雄三は部屋へとびこんでくるなり呼吸をはずませた。

「ええ、ほんとうですよ、伊吹さん」

と、署長が金田一耕助にかわって、

「それについてあなたにおたずねしたいことがあるんですが、あなたきょうあの化け物屋敷へおいでになりましたか」

「ええ、いきましたよ」

と、伊吹は言下にこたえた。

「なんのご用で……？」

「じつはゆうべあそこへ台本を忘れてきたんです。それをけさになって気がついて、だれかに取りにやろうかと思ったんですが、みんなてんてこ舞いをしているもんだから、じぶんで取りにいったんです。それから牧場のほうへまわればいいと思ったもんですから」

「何時ごろのことでした？　それは……」

と、金田一耕助がそばからたずねた。

「さあ、何時ごろでしたかねえ。牧場でクランクを開始したのが、ちょうど九時半でしたから、都築君といっしょにあの廃園を出たのは、九時ちょっとまえじゃなかったかな」

「都築さんといっしょにおいでになったんですか」

「いや、ぼくのほうがひと足はやかったんです。台本をさがしているところへ都築君がやってきて、いっしょに探してくれたんです。それでやっと見つかったもんだから、……」

「ああ、ちょっと。……」

と、金田一耕助がさえぎって、

「台本はどこにありましたか」

「撮影用のクレーンのうえにありました。クレーンのうえに監督の座るいすがとりつけてあるでしょう。そのいすのうえに投げだしてあるのを、都築君が見つけてくれたんです」

「ああ、なるほど。それから……」

「それから都築君をあの抜け穴へ案内してやったんです。ぼくはきのう撮影のあいまに、あの抜け穴を通ってみたんでね。それにあの抜け穴を通って裏山を越したほうが、こちらへひきかえしてくるより、牧場へいくのにちかいと、出がけにボーイにきいてたもんだから」

「都築さんにどこで別れたんですか」

「あの渓流の上手《かみて》に丸木橋がかかっているんですが、それを渡ったところで別れました。牧場はそれよりまだ少し上手にあるもんだから」

「ところであなたはその抜け穴のなかで、なにか紛失なさりはしませんでしたか」

橘署長がたずねた。

「ああ、そうそう、あの抜け穴のなかですべったひょうしにライターを落としたんです。ライターのやつ、落ちたひょうしに火が消えたので、どこへとんだのかわかりません。都築君が紙片に火をつけて探してくれたんですが、どこか遠くへとんだとみえて見つからなかったんです。それで、あとでまた探せばよいと思って、都築君を引っぱりだしたんです。なにしろこんな上天気ですからな、時間がおしいんですよ」

「ライターは加納君が拾っておいてくれたんだが……」

「ああ、そう、それは、それは……」

「伊吹さん、あなた抜け穴を出て裏山を越えるまでに、加納君や佐竹恵子さんに会いませんでしたか」

金田一耕助がそばからたずねた。

「いいえ、会いませんでしたよ。会ったとしても気がつかなかったのかもしれません。都築君と話に夢中になっていたもんだから。……でも、あのふたり、われわれに会ったといってるんですか」

「いや、そういうわけじゃありませんがね」

と、金田一耕助は謎《なぞ》のような微笑をうかべて、

「ああ、そうそう、それからもうひとつ。ゆうべの夜間撮影で、あの展望台を撮影したんですか」

「ええ、撮影しましたよ。それがなにか……？」

「いや、あの展望台の下にクレーンの跡がついていましたから。……署長さん、ほかになにかおたずねになることは……？」

橘署長はしばらくだまって考えていたが、

「そうそう、伊吹さん、ここにちょっと妙なことがあるんですよ」

「妙なことというと？」

「都築さんはあの廃園へいったことを否定してるんですよ。あっちのほうへはいかなかったと……」

それを聞くと伊吹雄三は目をまるくして、

「どうして……？　おかしいなあ。都築君はどうしてそんなうそをつくのかな」

「さあ、どういうんですかねえ」

橘署長は疑わしそうな目で伊吹雄三の顔を見ている。

「きっと軽い気持ちでうそをついたんでしょう。こういう重大事件がもちあがろうとは気がつかなかったから。……」

と、金田一耕助がつぶやいた。

「ああ、そう、きっとそれにちがいありません。あの男、ちょっと見え坊のところがあるんでしてね。化け物屋敷を見物にいったというのが、きまりが悪かったんじゃないのかな。署長さん、もういちどおききになってごらんなさい」

「では、そうしましょう。だが、そのまえに伊吹さん、あなたはけさあの化け物屋敷で、高柳先生の奥さんにお会いになりませんでしたか」

「いいえ、会いませんでした」

伊吹雄三は言下にキッパリ答えた。

「ああ、そう、じゃあこれくらいで……恐れいりますが、都築さんにちょっとこちらへくるようにいっていただけませんか」

「承知しました」

伊吹雄三が出ていくとまもなく、都築弘が入ってきた。

「金田一さん、すみませんでした」

と、都築は入ってくるなりペコリと頭をさげて、

「つまらないうそをついたりなんかして。……まさかあとで、こんな重大事態がもちあがろうとは思わなかったもんだから。……」

都築はそうでなくともあおじろい顔を、いよいよ蒼白《そうはく》にくもらせて、油けのない髪をバサバサ額にたらしていた。

「ああ、そう、あなたもやっぱりあの化け物屋敷へいらしたんですね。ひとつ、そのときの模様を話してくださいませんか」

「承知しました」

と、都築はちょっと息をやすめたのち、

「きのう金田一さんから、化け物屋敷の話をきいたので、けさ起きぬけにぶらぶら出かけていったんです。いく路《みち》はボーイにききました。ところが、いってみるといぶさんがいて、何やら探しているんです。何を探しているのかきくと、撮影用の台本をゆうべここへ忘れたんだが……と、いう話です。そこでいっしょに探したところが見つかったので……」

「台本はどこにあったんです?」

「撮影用のクレーンのてっぺん。あそこに監督の座るいすがとりつけてあるでしょう。そのいすのうえに放りだしてあったんです」

「なるほど、それから……?」

「それからいぶさんが抜け穴を案内してやろうというので、いっしょにそこを抜けて裏山のほうへ出たんです」

「その途中で伊吹さんが、ライターを紛失したんですね」

「ああ、そうそう、いぶさん、ライターをかざしてさきに立っていたんですが、なにかにつまずいたのか、すべったのか、あやうく転びそうになったひょうしに、ライターを落としたんです。そのはずみに火が消えたのであたりは真っ暗です。そこでぼくが紙くずに火をつけて、あたりを探したんですが、どこか遠くへとんだとみえて見つからなかったんです。すると、いぶさん、あとで探すからいいといって……そろそろ抜け穴の出口にちかいところでしたから……」

「都築さん、あんたの燃やした紙というのはこれですね」

橘署長がポケットから紙の燃えがらを出してみせると、

「ええ、そうです、そうです。ポケットに手を突っこむと、その手紙にさわったもんですから。……」

「都築さん」

と、金田一耕助がそばから口をはさんで、

「あんた、これを燃やすとき、例の手紙だと気がつきましたか」

「むろん、気がつきました。しかし、べつに燃やしてしまって惜しいしろものでもありませんからな。あっははは」

都築はくちびるをねじまげてのどのおくでひっかかったような笑い声をあげた。

「ところで、都築さん、あなたはけさその話をなぜかくそうとしたんです。金田一さんに化け物屋敷へいってきたのとたずねられたとき、あなたはあっちのほうへはいかなかったと答えましたね」

「ああ、そのことですがね」

と、都築は照れたように頭をかきながら、

「これも一種の虚栄心なんですね。ああいうところをわざわざ見にいったというのが、われながらなんだか子供っぽくて、きまりが悪かったんです。いぶさんに冷やかされたりしたもんですからね。それともうひとつ、あの贋《にせ》手紙のことが気になってたもんですから、つい、めんどうくさくなって、あんなうそをついたんだろうと思います」

橘署長は疑わしげな目で、都築の顔を見ていたが、やがて耕助のほうをふりかえって、

「金田一さん、あなた、なにかほかに質問は……？」

「そうですね、ああ、そうそう、あんた、ひょっとするとあの化け物屋敷の付近で、加納君と佐竹恵子さん……ご存じでしょう。あのふたり。……あのひとたちに会やあしなかった？」

「いいや、会いませんでしたね」

都築が言下に答えるのを、金田一耕助は予期したことのようにうなずいて、

「ああ、そう、それからもうひとつ。この贋手紙の作者だが、あんたやっぱり思いあたるふしはない」

「ありませんね。ないからこそ、いやな想《おも》いをしているんです。なんだかばかにされたような気持ちでね」

都築はあおじろい顔をして肩をすくめる。

「いや、そうでしょう。それじゃ、これくらいで……署長さん、いいでしょうね」

都築の足音がドアの外へ消えていくのを待って、橘署長はさぐるように視線を、金田一耕助のほうへむけた。

「金田一さん、あんた、伊吹さんにも都築君にも、あの化け物屋敷の付近で、加納君や佐竹恵子さんに会やあしなかったかとおたずねになったが、あの四人があのへんで、会ったんじゃないかと思っていらっしゃるんですか」

「いやあ、べつにそういうわけでも……」

と、金田一耕助は五本の指で、もじゃもじゃ頭をかきまわしながら、

「ただ四人ともおなじ路を通っているもんですから……しかし、考えてみると伊吹さんと都築君が、抜け穴を出ていってから、加納君と佐竹恵子さんが裏山をくだってくるまでには、相当に時間的ズレがあるんだから、これは会ってないのが当然でしょうな。ところで、署長さん、こんどは高柳先生におたずねになったらいかがですか。ひょっとすると先生が、なにかあの贋手紙についてご存じかもしれませんから。……」

「ああ、そう」

橘署長がボーイを呼んでその旨をつたえると、まもなく高柳先生が小泉先生とともに

入ってきた。

「失礼だが、高柳はいま病人もおなじだからね、ぼくという介添え人が必要なんだよ」

橘署長が非難するような目をむけるのにたいして、小泉先生は先手をうってそういうと、どっかとさきに腰をおろして、

「高柳、おまえもおかけよ。君にゃいま安静が必要なんだからね」と、兄が弟をいたわるような調子である。

じっさい、小泉先生が病人もおなじだというのもむりはない。あの壮健そのもののようだった高柳先生も、わずか二時間ほどのあいだにげっそりやつれて、よろめくようにいすに腰をおとしたとき、全身からめらめらと、黒い悲しみのかげろうが、立ちのぼるようなのを感じて、金田一耕助は胸をうたれずにはいられなかった。

「それで署長さん、高柳にききたいことというのは……？」

小泉先生は太い腕をむんずと組んだまま、うながすような目を署長にむける。

「いや、そのことですがね。ここにちょっと妙なことがありまして……」

と、さすがの橘署長も、ふたりのこの碩学《せきがく》のまえでは、いささかかたくなった感じで、ギコチなく空せきをしながら、

「じつはきのう都築氏が、だしぬけにここへ来られたのは、金田一さんの名前をかたった贋手紙に誘いだされたんですがね」

「金田一さんの名前をかたった贋手紙……？」

高柳先生はぴくっと顔をあげると、びっくりしたように橘署長と、金田一耕助の顔を見くらべている。世にも意外なことをきいたといわんばかりの顔色である。

「そうです、そうです。ほら、ここにあるのがその燃えがらなんですが……このとおり活字の切り抜きがつづりあわせてあるでしょう。と、いうことはもちろん、筆蹟《ひっせき》をくらますためでしょうが。ホテルの便箋《びんせん》や封筒を使用しているところをみると、だれかこのホテルに、金田一さんの名前をかたって、都築君を呼びよせたものがあるわけですね。それについて、先生、何かお心当たりは……？」

高柳先生は茫然《ぼうぜん》として橘署長の顔を見ていたが、やがてあえぐような息使いをして、

「それじゃ、都築君は、金田一君の招待だと思ってここへやってきたのか」

「そうです、そうです。ところが金田一さんにぜんぜん身におぼえのないことだときかされて都築君、狐《きつね》につままれたような気持ちでいたんです。ところが、そこへまたこんなことがもちあがったもんだから、先生、とても気にして……ところでどうでしょう。高柳先生、だれがこんないたずらをしたのか、お心当たりはございませんか」

「それは……それは……」

と、口ごもりながら高柳先生は、茫然たるまなざしで橘署長と金田一耕助の顔を見くらべていたが、とつぜん、両手のなかに頭を埋めて、

「おそらくそれは加寿子でしょう。あれはそういういたずらが好きだった。子供みたいないたずらで、ひとをかついでよろこんでいた」

高柳先生の声は嗚咽《おえつ》にとぎれて、両眼から涙があふれてくる。この老大家が涙にむせぶ姿を見たとき、金田一耕助ははらわたをかきむしられるような、いたましさをおぼえずにはいられなかった。

「しかし……」

と、橘署長は体をのりだし、

「奥さんは都築君を呼びよせて、いったいどうなさるおつもりだったんでしょう」

それにたいする答えは、そばにいる小泉先生の口からなされた。

「だから、いま高柳もいったとおり、あのひとはほんとに子供みたいなひとだった。これは金田一さんもご存じと思うが、子供みたいに無邪気で、たあいのないいたずらをしてはよろこんでいた。だから、おおかた伊吹君がくるときいて、それではいっそ都築君も呼んでみよう。……と、それくらいのいたずらごころだったんじゃないのかな。そして、やってきた都築君が贋手紙としって、めんくらっているのを、そしらぬ顔で見ていてやろう。……その程度の茶目っけだったと思う。なあ、高柳、そうだろう」

高柳先生は両手で頭をかかえこんだまま、うなずいた。もう泣いてはいなかったが、うなだれた老大家の首のあたり、いたましい傷心の色がふかかった。

金田一耕助もうなずいて、

「いや、ぼくもあの奥さんのご気性はよくしってますが、たぶん、いま小泉先生がおっしゃったとおりだと思います。ところで、それについて高柳先生にお願いがあるんですが……」

「どういうこと？」

と、ききかえす小泉先生の口調はきびしい。

「こういうこと、はっきりしておいたほうがよいと思うんですが、それについて奥さんのおもちの本なり雑誌なり、印刷物のたぐいを調べさせていただけないでしょうか」

「ああ、それくらいのことなら。……あとで加納君にもたせてよこそう。さあ、高柳、いこう」

傷心の高柳先生が、親友にかかえられるようにして、蹌踉《そうろう》たる足どりでその部屋を出ていくとまもなく、加納史郎がひと束の雑誌や単行本をとどけてきた。

金田一耕助と橘署長は、それらの印刷物を調べているうちに、まもなく会心のため息をもらした。それらの婦人雑誌のなかに、随所に切りぬかれたページを発見したのである。

だが、この事件の調査もここで進展しなかった。いたずらのぬしは確認されたものの、さて、そのいたずら者を殺した犯人はという段になると、とうとうわからずじまいだった。加寿子夫人と密接な交渉をもつひとびとは、みなそれぞれ、犯行の時刻の九時二十分にアリバイをもっているのである。

第一の良人《おっと》の伊吹監督はそのころ渓流のはるか上流にある牧場で、撮影の打ち合わせに熱中していたし、だいいち片腕をくじいてつっているかれに、扼殺《やくさつ》などは不可能だった。第二の良人の都築弘は金田一耕助や橘署長の眼前にいた。そして、第三の良人の高柳先生は署長や金田一耕助とともに、犯行の目撃者になったのである。

ただ、弟子の加納史郎には佐竹恵子以外にアリバイの証言者はなかったが、温厚篤実《とくじつ》な君子人《くんしじん》としてしられている少壮学者が、恩師の愛妻の首をしめようとは思えなかったし、また考える動機もなかった。

こうして捜査が膠着《こうちゃく》状態となっているところへ、この事件を迷宮入りにさせるべくもっとも都合のよい思い出話がもちだされた。

三年ほど以前にも兇暴な脱獄者があの化け物屋敷にひそんでいて、それともしらずに見物に出かけた婦人が襲われたという事件があった。そこでこんどもどこからかまぎれこんだ浮浪者のたぐいのしわざではないかと見なされるにいたって、大がかりな山狩りなどが行なわれた。

しかし、その結果も思わしくなく、また、唯一のたのみとされた夫人のハンドバッグからの指紋採集にも失敗した。そこにはどんな指紋も発見されなかったのである。

こうして、とうとうこの事件は迷宮入りとなっていまにいたっている。どういうわけか橘署長もこの事件の調査にはあまり熱意を示さなかったし、金田一耕助も、そういつまでも、滞在することができなかったのである。

だから高原に住むひとびとは、あの化け物屋敷にはきっと鬼が住んでいるのだろうと考えている。あの化け物屋敷を設計した住人の執念が、いまもなおそこにさまようているんだろうというのである。

六

加寿子夫人が殺害されてから一年たった。

T高原にはことしもえるような緑のマスがうつくしく、去年からみるといくらか数をました緬羊《めんよう》が、のどかに牧場の草を食《は》んでいる。あの渓流のむこうにある廃園は、ことしも雑草におおわれて、コンクリートの醜い残骸《ざんがい》が、むなしく五月の陽光を吸うている。

ところが廃園のなかの日時計のうえに、いまひとりの男が腰をおろして、むさぼるようになにやら読みふけっている。

それは高柳慎吾先生だった。

それにしても先生の変わりかたのなんといたましく激しいことよ。ほおはこけ、目は落ちくぼみ、全身が枯痩《こそう》しつくして、強烈な五月の太陽のもとにおくのもいたいたしいほどの憔悴《しょうすい》ぶりである。じっさい先生はしばしばめまいを感じるらしく、ときおり顔をあげて弱々しく首をふる。しかし、それでも先生はひざのうえにひらいたものを読みつづける。それを読みつづけることがじぶんの業ででもあるかのように。……

先生がいまひざのうえにひろげているもの……それは金田一耕助の手記だった。金田一耕助が事件の直後に、高柳先生に書きおくったもので、この手記のなかにこそ、昨年起こったあの事件の謎《なぞ》が、あますところなく説明されているようだから、ここにその全文をかかげて、このいたましい物語の幕をとじることにしよう。

高柳先生、

ご傷心の先生にたいして、とつぜんこのようなぶしつけな手紙をさしあげますことを、なにとぞお許しください。私はこの手紙によって先生を責めるつもりは毛頭ございませぬ。逆に私は先生に自重をうながし、あの貴重なご研究を完成していただきたいとお願いするものであります。

おそらく先生はこの手紙を手にされた瞬間、これが何を意味するものであるかをお察しのことと拝察いたします。そうです。私はここにあの事件の真相を指摘しようと思うのですが、それはいたずらにおのれの慧眼《けいがん》をほこらんがための自己満足の故ではありません。何があの事件を迷宮入りさせたか。そして、それはだれの頭脳からしぼりだされたか……それを先生に知っていただくことによって、先生の自重と研鑽《けんさん》をうながしたいと考うるにほかなりませぬ。

高柳先生。

先生にとってはこのうえもなく心苦しいことでございましょうが、ここにもう一度あの事件の経過を繰りかえすことをお許しください。

われわれがTホテルのベランダから目撃した、あの事件の起こる直前に、先生は小泉先生とごいっしょに、朝の散歩からおかえりになって、ベランダへ出ておいでになりましたね。そして、都築弘君の姿がわれわれの視野に姿をあらわしたとき、廃園の展望台であの事件が起こったのでしたね。

あの事件を目撃したときの私の最初の印象は、あの当時も橘署長に申しあげたとおり、お芝居だ！……と、いう気が強くしたのです。それはあそこで映画撮影が行なわれているという先入観もあったでしょうが、それよりも眼前にわれわれを見ながら、救いも求めずにやすやすと、男にしめ殺されるということが、現実の出来事とは思えなかったからです。

ところがそれから四十分ののち（直線距離からすれば、眼前にああいう事件を目撃しうる距離にありながら、じっさい駆けつけるとなると、それだけの時間を要するということが、この事件の演出者……あるいは演出者たちの計算に入っていたであろうことをご注意ください）、われわれがあの廃園へかけつけてみると、そこにはじっさいに加寿子夫人が絞殺されて、投げだされていました。

そのときの私のうけた妙な感じを表現するに、適当な文章がないのに苦しみます。たとえていってみれば、いままでスクリーンのなかに活躍していた人物が、だしぬけに画面からとびだしてきたような感じとでもいいましょうか。とにかく私は本能的に、これはちがう！　と思ったのです。何がちがうのかそのときはまだはっきりしなかったのですが。……

ところが、詳細に死体の横たわっている位置と、あの展望台の出っ張りを比較することによって、ちがうという感じはいよいよ強くなってきました。あの赤松の枝を折っておくことによって演出者たちはそれにぶつかって跳ねかえされたのだと説明していますが、それでは納得性がうすいようでした。

それはともかく、あの死体が展望台から落ちたのでないとすれば、それはどこから落ちたのか。それはおそらくあの抜け穴のある二階の寝室からでしょう。そう考えることによって、死体の位置の不自然さも解消されるようです。

しかし、それではさっきわれわれが目撃したあの事件はどうしたのか。私は即座にだれかがだれかのためにアリバイを作ろうとしているのではないか。と考えたのです。そして、その演技者として格好のふたり、げんにその場にいる加納史郎君と佐竹恵子さんを考えました。佐竹恵子さんが赤い帽子をかぶって加寿子夫人の身代わりをつとめる。そして加納史郎君扮《ふん》するところの正体不明の犯人が九時二十分に加寿子夫人を絞殺した……と、一般にこう信じこませることによって、なにびとかのアリバイを構成しようとしているのではないか。

しかし、アリバイづくりということは、非常に危険をともなう仕事です。まかりまちがえば加納君に重大な容疑がふりかかってくる。それくらいのことは加納君もしっているはずです。それにもかかわらず、その危険をおかしてまで加納君が守りぬこうとしている人物はいったいだれか。

先生。それはあなたをおいてほかにありません。

このことはのちになって、加寿子夫人のハンドバッグから、ひとつの指紋も採集されないときいて、いよいよ確信を強めました。鰐《わに》皮のハンドバッグというものは指紋のつきやすいものなのです。少なくともそこに夫人の指紋がのこっていてもよいはずです。それにもかかわらず、だれの指紋も発見されないということは、だれかが故意に指紋を拭うて、あの展望台のうえに投げだしておいたのではないか。そこが犯行の現場であるかのごとく見せかけるために。……

さて、加納君と恵子さんが先生のために危険をおかそうと覚悟をきめて、いったい、どのような演技が行なわれたか。おそらく、演技者としては、じっさいに犯行の演じられた二階を使いたかったのでしょうが、残念ながらそこからだと、高い塀《へい》にさえぎられて、外部から見てもらうことができない。目撃者をつくるためには、どうしてもあの展望台を舞台としてえらばなければならないが、しかし、そこから突きおとしたのだとすると、死体の位置に矛盾をきたす。なにしろ、とび散った血というものがありますから、死体を動かすことはできなかったのです。そこでその矛盾を説明するために、赤松の枝を折っておくという苦肉の策が考案されたのでしょう。

さて、展望台を舞台とすることにきめて、いよいよ殺人演技が演出されたのですが、しかし、あそこから恵子さんを突きおとすということは、非常に危険をともなう話です。

脚をくじくか、腕を折るか、とてもただではすみますまい。

ところが、そこにはおあつらえむきの救命用具がありました。それはあの撮影用クレーンです。あのクレーンを展望台のましたに持っていって、塀の外から見えぬ程度の高さにあげておく。そして、そのうえへ恵子さんを突きおとす。これならば、たとえけがをしたところで、かすり傷程度ですみましょう。じっさいにまた、あの展望台のしたにはクレーンをすえつけた跡がありました。

こうしてわれわれの目撃した展望台の一件は、万事説明がつくようでしたが、ただ、その際、私はふたつの疑問をもったのです。先生もこの計画に関与していられるだろうかということ。もうひとつは、加納君のような温厚篤実《とくじつ》な書斎人に、とっさの間《かん》、どうしてこのような巧妙なトリックが思いうかんだかということ。

第一の疑問はベランダからあの事件を望見したときの、先生の非常なおどろかれようから解消するようです。先生はあの一件に関するかぎりなにもご存じないのだ。先生はいまじぶんがやってきたことを、まただれかが繰りかえしている。……（その意味はあとであの廃園へ駆けつけたとき、そこに加寿子夫人の死体しか横たわっていないのをごらんになって、おさとりになったことでしょうが）それが先生をおどろかせたのであり、したがって、このアリバイ作りは先生の関与することではなく、加納君と恵子さんだけの意志なのだ。……

だが、そうするとさっきいった第二の疑問が、いよいよ強くなってきます。加納君は聡明《そうめい》な人です。学者としてりっぱな人物です。しかし、書斎における学問と実世間の知恵……ことにアリバイづくりなどという知恵は根本的にちがいます。加納君のような温厚篤実な君子人《くんしじん》に、いかに先生のためとはいえ、あのような巧妙なトリックが思いつけようとは考えられない。

最初、この疑問がつよく私を悩ましましたのですが、のちにあの、抜け穴のなかで活字を切りぬいた手紙を発見したとき、私はいくらか疑問の氷解するのを感じました。加納君がおなじ抜け穴のなかで拾ったというあのライターといい、この活字の切り抜きの紙といい、われわれ、すなわち、橘署長と私にとっては、非常に強い印象をもつ品々だったのです。しかも、それらの品々の持ち主たちは、われわれがそれに対して強い印象をもっていることをしっているはずなのです。そのふた品がそろいもそろって、抜け穴のなかにのこされているというのはどういうのか。偶然なのか。それともなんらかの作為があるのではないか。われわれの注目をあのふたりにひきつけるために。……

私は油然《ゆうぜん》として湧きおこる興味に、胸のおどるのをおぼえました。そして、この興味は裏の崖《がけ》のふもとにある抜け穴の出口から、裏山の路《みち》、二百メートルほどのあいだにつづいている、四つの靴跡《くつあと》の奇妙な状態に気がついたとき、ますます昂《たか》められていったのです。それらの足跡は二百メートルというながい間隔にわたって、いちども踏んづけたり、踏んづけられたりしていなかった！

後刻ホテルへかえってから、伊吹雄三氏や都築弘君にきくところによると、かれらは九時まえにそこを出たという。このことは都築君がわれわれのまえに姿を現わした時刻や、伊吹氏が牧場へ到着した時刻から計算してみて、信用すべきものと考えられる。と、すれば伊吹氏と都築君があの抜け穴を出てから、数十分ののちに、加納君と佐竹恵子さんがあそこへやってきたということになる。(もし、加納君と恵子さんのいうことが真実であるとするならば)

しかし、それではあの足跡の状態はなんと説明すべきなのか。二百メートルの長さにわたって、加納君と恵子さんの足跡が、いちども伊吹氏や都築君の足跡を踏みつけていないというのは、いったいどういうことなのか。

じっさいこれは不思議な話です。いや、不思議というより不自然です。あの路はそれほど広くはないのですし、四人の話がじじつとすれば、加納君と恵子さんは、伊吹氏や都築君の足跡を、避けてあるく必要は少しもないのですから。

それにもかかわらず、足跡がいちども踏みつけたり、踏みつけられたりしていないのは、逆に伊吹氏と都築君のほうが、加納君と恵子さんの足跡を避けてあるいたのではないか。なんのために? すなわち加納君や恵子さんの足跡を踏みつけることによって、じぶんたちのほうがふたりより、あとからそこを通ったのだということをしられたくないために。……

もし、この考えが当たっているとすれば、加納君と恵子さんは、伊吹氏と都築君がそこを立ちさるまえにやってきたのだ。と、いうことは加納君と恵子さんは、九時まえにそこに到着していたということになり、すなわち四人はそこで落ちあったのだ。

そう考えてくることによって、私がまえにあげた第二の疑問はたちまちにして氷解するのを感じました。社会部記者と映画監督。……アリバイづくりのトリックの考案者並びに演出者として、これほど格好の人物がほかにありましょうか。あのアリバイづくりの案をもちだしたのは、おそらく都築君であったろうし、その演技指導をかって出たのは、きっと伊吹氏であったでしょう。なんと役者ぞろいではありませんか。

こう考えてくるとライターと活字の手紙という、歴然たる証拠のふた品を、そこへ残してきた意味もわかるような気がします。ふたりはそれによってじぶんたちに注目をひきよせ、そして、じぶんたちがそこを出たとき、すなわち、九時以前にそこにはまだ死体はなかったということを、それとなくいいたかったのではないか。あくまでも犯行の時刻をずらせるために。……

おそらくふたりは二階の寝室にあるあの抜け穴の入り口から、先生の犯行を目撃したのでしょう。そのとき、ふたりのあいだに先生を守ろうと相談ができ、事件の秘密を厳守する約束がなりたったのでありましょう。ところが、そこへ加納君と恵子さんがやってきたので、一歩すすめて先生のためにアリバイをつくろうということになったのだろうと思います。

そして、このアリバイづくりは伊吹氏や都築君にとっても必要でないことではなかった。目撃者であるふたりは警官からきびしく追究されると、それを打ちあけなければならぬはめになるかもしれない。ふたりはそれを恐れたのでしょう。伊吹氏は片腕を折っているのだから、扼殺《やくさつ》ということは不可能なのだが、それにもかかわらずアリバイを必要としたのは、警官の執拗《しつよう》な追究を避けるためであったのでしょう。先生のために。……

高柳先生。

私が先生にしっていただきたいのはこのことなのです。みんな先生を尊敬しているのです。先生を敬愛しているのです。じぶんの身の危険をもかえりみず、先生を守りぬこうとしているのです。それは先生がいままさに完成されようとしているあの研究が、いかに大切なものであるかということを、小泉先生をはじめとして、みんなしっているからでありましょう。

先生がなぜあの無邪気な奥さんを殺害されたか。それはここにふれないでおくことにいたしましょう。間違いということはだれにでもあることです。ただ、あまりにも不幸な、いたましい間違いではありましたが。……

終わりにのぞんでくれぐれも、先生のご自重とご自愛をお祈りいたします。

金田一耕助

高柳先生はその手紙を読みおわると、うつろにかぎろう眼をさげて、かつて愛する妻の死体の横たわっていたあたりを、しばらくぼんやり見つめていたが、やがて悲しげに

首を横にふり、

「加寿子……加寿子」

と、力なくふたこと三ことつぶやいた。

それからポケットからマッチを出して、金田一耕助の手紙に火をつけた。

五月の陽光のなかに、かげろうのような炎をあげて、金田一耕助の手紙はもえあがる。

高柳先生はその最後の一枚が、むなしい灰になるのをまって、ポケットから小さな錠剤のかんをとりだした。

こうして高柳先生は、あの偉大な著述を完成したのち、愛妻の命日に、愛妻の終焉《しゅうえん》の場所にさまようてきて、苦悩にみちた生涯《しょうがい》の幕をとじたのである。

解説

中島河太郎

昭和二十年八月十五日、著者は疎開先の岡山県吉備郡岡田村で終戦の詔勅を聴いた。これまで数年続いた軍部と情報局の圧迫の時代が、その瞬間、崩壊したことについて、深い満足と安堵《あんど》感《かん》を覚えた。そして心の中で思わず、高らかに絶叫したのである。「さあ、これからだ!」と。

それから本格物一本でいこうと決意された話はよく知られているが、それがほぼ二十年も続くことになろうとは予想されなかったにちがいない。戦後の本格物の先頭をきってからは、旧人新人ともに競いあって、本格物が主流を形成した。はじめは口火さえ切れば、あとはバトン・タッチができるものと思っていたのに、圧倒的な支持が「本陣殺人事件」から「獄門島」へと休息を与えず、長中短篇の探偵小説に加えて、捕物・少年物まで領域を拡げて、おびただしい作品量となった。

その数多くのなかだから、必ずしも本格物だけではなく、サスペンス調もあれば、スリラーもまじり、ファースもあった。しかもその煩忙《はんぼう》のなかで、旧作に改訂を施したり、短篇を長篇化する労まで惜しまれなかったのだから、その根気に驚嘆させられる。

この「壺中美人」も「支那扇の女」や「扉のかげの女」と並んで、長篇化されたものの一つで、昭和三十五年九月に刊行された。原型は三十二年九月の「壺の中の女」である。

　数々の難事件解決で名声とみに高くなった金田一耕助が、悠然と腰をおちつけるようになったのは、目黒区緑ケ丘町の高級アパートであった。警視庁でもっとも親しい等々力警部が寄って、世間話に時を移し、テレビを眺めている忙中閑の場面がまず紹介されるのだが、その漫然と眺めていた画面ですら、あとの事件解決に示唆《しさ》を与えるのだから、彼らは閑日月《かんじつげつ》をたのしむ余裕すらないことを気の毒がる他はない。

　問題の惨劇は金田一事件簿の筆録者の在住する成城で勃発《ぼっぱつ》した。成城は著者のお蔭で、他にも「支那扇の女」や「悪魔の百唇譜」の舞台に選ばれたのは災難だった。パトロール巡査が路上で刺されて重傷を負うたのである。このしらせで金田一が駆けつけると、顔なじみの志村刑事が待っていたとあり、「支那扇の女」を参照するよう注がつけてある。ところがこのほうは昭和二十九年五月二十六日朝の椿事《ちんじ》であり、「支那扇の女」は三十二年八月二十日のことだから、その前後が矛盾しているが、原作と長篇化のずれから起こったもので、こういう詮索《せんさく》も金田一ファンにはたのしいかもしれない。

　事件はそれだけではなかった。同じ成城で画家が殺されていて、その応接室にあった壺は、いつぞや等々力警部と眺めたテレビの支那美人の曲芸に用いられたものらしいのだ。しかもばあやの証言によると、被害者の画家のいたアトリエのなかを覗《のぞ》くと、支那服の女が壺の中へはいろうとしていたという。誰もが夢でも見たのだろうと一笑に付しそうな話だが、現にテレビの曲芸では、その芸当をやってのけたのを金田一も警部も見たのである。

被害者の妻の登場によって、彼が生前サディストだったこと、陶器の収集家で例の曲芸の壺を所望して、曲芸師と交渉のあったことが判明するのだが、巡査刺傷の容疑の濃い壺中美人の消息が杳《よう》として分らない。

被害者のサディズムが妻にマゾヒズムを植えつけ、さらに同性愛嗜好《しこう》が受動的男色者を生むなど、どうやらセックスの享楽はとどまるところを知らないが、いっぺんも妻帯したことのない金田一のほうが、かえって一目でこういう機微を見抜く眼力を具《そな》えているのである。警部の質問に答えて、「わたしがいくらかあなたより、よけいに本を読んでいるということではないでしょうか。それもあんまり高級ならざる本を……」と雑読のせいにして逃げているが、活字だけではとうてい学べそうもない観察体験を有しているのがおもしろい。

「廃園の鬼」は昭和三十年六月号の「オール読物」に発表された。

舞台は信州那須市の近くにあるT高原。たて続けに事件を解決した金田一が、休養のために訪れたのは、前に「犬神家の一族」事件でゆかりのある当地だった。その際知りあった橘署長に連絡すると、推薦されたのがこの高原である。

金田一はここで旧知のレコード歌手、現在の高柳教授夫人に遇《あ》った。夫人は三度目の結婚で、夫妻相携《あいたずさ》えて当地に滞在していたのだが、そこへ最初の夫だった映画監督がロケのためやって来るし、おまけに二番目の夫だった新聞記者が、金田一の名をかたった偽手紙によって呼び寄せられた。期せずして彼女の遍歴した三人の夫が、一堂に会することになったのだ。

この奇妙な邂逅《かいこう》に加えて、この土地には狂人の設計した奇妙な建物が、未完成のまま放置され、異様な廃墟として、見るひとをわびしく、いらだたさずにはおかぬ凄愴《せいそう》な眺めがある。

狂人の幻想の結晶のような建築物に対して、いわば常軌を逸した三人の夫の会食は似合いかもしれないが、このまま平穏に収まるはずがなかった。果然《かぜん》、その化け物屋敷での殺人場面を、金田一、署長、教授連が遠望する劇的シーンが勃発する。

どの目撃者も現実の出来事なのか、それとも映画の稽古なのか、容易にきめかねるほど茫然自失《ぼうぜんじしつ》の有様であった。夢うつつの状態からさめて行動を起こしてみると、話題の中心人物の教授夫人の死体が発見される。そうすれば名探偵の目の前でまさに殺人劇が演じられたことになるのだ。

七人の関係者の行動の追究が、暗礁に乗りあげたというのは、殺人現場を見せつけられた金田一にとって、面目失墜といわねばならない。それから一年経過した。当時の事件の真相を見事に把握していた彼の遠謀深慮が、はじめてそこで明白にされたのだ。

傍《かたわ》らに署長まで控えていたのに、金田一はむなしく敗退する不名誉に耐えても、真実を摘発するに忍びなかった。彼の思いやりは単に個人的心情に傾いていたのではない、偉大な研究を嘱望するゆえに、自己の戦績を顧《かえり》みず、しかも長上への敬意といたわりとを忘れてはいない奥ゆかしい態度に終始している。金田一の人間性の側面を立証するものとして見のがし得ぬ作品であろう。

本書は、昭和五十一年七月に小社より刊行した文庫を改版したものです。なお本文中には、気ちがい、ニグロ、おノーが弱い、土人など今日の人権擁護の見地に照らして使うべきではない語句や、容姿や病気に対して不適切と思われる表現があります。また、同性愛に関する記述に執筆当時の偏見が感じられますが、作品全体を通じて、差別を助長する意図はなく、時代背景や社会世相、また著者が故人であることを考慮し、原文のままにしました。

（編集部）

壺中美人《こちゆうびじん》

横溝正史《よこみぞせいし》

昭和51年 7月30日　初版発行
令和4年 3月25日　改版初版発行
令和6年 11月15日　改版再版発行

発行者●山下直久

発行●株式会社KADOKAWA
〒102-8177　東京都千代田区富士見2-13-3
電話　0570-002-301（ナビダイヤル）

角川文庫 23103

印刷所●株式会社KADOKAWA
製本所●株式会社KADOKAWA

表紙画●和田三造

ISBN 978-4-04-112355-3　C0193

◆◇◇

角川文庫発刊に際して

角　川　源　義

第二次世界大戦の敗北は、軍事力の敗北であった以上に、私たちの若い文化力の敗退であった。私たちの文化が戦争に対して如何に無力であり、単なるあだ花に過ぎなかったかを、私たちは身を以て体験し痛感した。西洋近代文化の摂取にとって、明治以後八十年の歳月は決して短かすぎたとは言えない。にもかかわらず、近代文化の伝統を確立し、自由な批判と柔軟な良識に富む文化層として自らを形成することに私たちは失敗して来た。そしてこれは、各層への文化の普及滲透を任務とする出版人の責任でもあった。

一九四五年以来、私たちは再び振出しに戻り、第一歩から踏み出すことを余儀なくされた。これは大きな不幸ではあるが、反面、これまでの混沌・未熟・歪曲の中にあった我が国の文化に秩序と確たる基礎を齎らすためには絶好の機会でもある。角川書店は、このような祖国の文化的危機にあたり、微力をも顧みず再建の礎石たるべき抱負と決意とをもって出発したが、ここに創立以来の念願を果すべく角川文庫を発刊する。これまで刊行されたあらゆる全集叢書文庫類の長所と短所とを検討し、古今東西の不朽の典籍を、良心的編集のもとに、廉価に、そして書架にふさわしい美本として、多くのひとびとに提供しようとする。しかし私たちは徒らに百科全書的な知識のジレッタントを作ることを目的とせず、あくまで祖国の文化に秩序と再建への道を示し、この文庫を角川書店の栄ある事業として、今後永久に継続発展せしめ、学芸と教養との殿堂として大成せんことを期したい。多くの読書子の愛情ある忠言と支持とによって、この希望と抱負とを完遂せしめられんことを願う。

一九四九年五月三日

角川文庫ベストセラー

八つ墓村
金田一耕助ファイル1
横溝正史

鳥取と岡山の県境の村、かつて戦国の頃、三千両を携えた八人の武士がこの村に落ちのびた。欲に目が眩んだ村人たちは八人を惨殺。以来この村は八つ墓村と呼ばれ、怪異があいついだ……。

本陣殺人事件
金田一耕助ファイル2
横溝正史

一柳家の当主賢蔵の婚礼を終えた深夜、人々は悲鳴と琴の音を聞いた。新床に血まみれの新郎新婦。枕元には、家宝の名琴〝おしどり〟が……。密室トリックに挑み、第一回探偵作家クラブ賞を受賞した名作。

獄門島
金田一耕助ファイル3
横溝正史

瀬戸内海に浮かぶ獄門島。南北朝の時代、海賊が基地としていたこの島に、悪夢のような連続殺人事件が起こった。金田一耕助に託された遺言が及ぼす波紋とは？　芭蕉の俳句が殺人を暗示する⁉

悪魔が来りて笛を吹く
金田一耕助ファイル4
横溝正史

毒殺事件の容疑者椿元子爵が失踪して以来、椿家に次々と惨劇が起こる。自殺他殺を交え七人の命が奪われた。悪魔の吹く嫋々たるフルートの音色を背景に、妖異な雰囲気とサスペンス！

犬神家の一族
金田一耕助ファイル5
横溝正史

信州財界一の巨頭、犬神財閥の創始者犬神佐兵衛は、血で血を洗う葛藤を予期したかのような条件を課した遺言状を残して他界した。血の系譜をめぐるスリルとサスペンスにみちた長編推理。

角川文庫ベストセラー

金田一耕助ファイル16
悪魔の百唇譜
横溝正史

若い女と少年の死体が相次いで車のトランクから発見された。この連続殺人が未解決の男性歌手殺害事件の秘密に関連があるのを知った時、名探偵金田一耕助は激しい興奮に取りつかれた……。

金田一耕助ファイル17
仮面舞踏会
横溝正史

夏の軽井沢に殺人事件が起きた。被害者は映画女優・鳳三千代の三番目の夫。傍にマッチ棒が楔形文字のように折れて並んでいた。軽井沢に来ていた金田一耕助が早速解明に乗りだしたが……。

金田一耕助ファイル18
白と黒
横溝正史

平和そのものに見えた団地内に突如、怪文書が横行し始めた。プライバシーを暴露した陰険な内容に人々は戦慄！　金田一耕助が近代的な団地を舞台に活躍。新境地を開く野心作。

金田一耕助ファイル19
悪霊島　(上)(下)
横溝正史

あの島には悪霊がとりついている――額から血膿の吹き出した凄まじい形相の男は、そう呟いて息絶えた。尋ね人の仕事で岡山へ来た金田一耕助。絶海の孤島を舞台に妖美な世界を構築！

金田一耕助ファイル20
病院坂の首縊りの家　(上)(下)
横溝正史

〈病院坂〉と呼ぶほど隆盛を極めた大病院は、昔薄幸の女が縊死した屋敷跡にあった。天井にぶら下がる男の生首……二十年を経て、迷宮入りした事件を、等々力警部と金田一耕助が執念で解明する！

角川文庫ベストセラー

双生児は囁く　　横溝正史

「人魚の涙」と呼ばれる真珠の首飾りが、檻の中に入れられデパートで展示されていた。ところがその番をしていた男が殺されてしまう。横溝正史が遺した文庫未収録作品を集めた短編集。

悪魔の降誕祭　　横溝正史

金田一耕助の探偵事務所で起きた殺人事件。被害者はその日電話をしてきた依頼人だった。しかも日めくりのカレンダーが何者かにむしられ、12月25日にされていて――。本格ミステリの最高傑作！

殺人鬼　　横溝正史

ある夫婦を付けねらっていた奇妙な男がいた。彼の挙動が気になった私は、その夫婦の家を見張った。だが、数日後、その夫婦の夫が何者かに殺されてしまった！　表題作ほか三編を収録した傑作短篇集！

喘ぎ泣く死美人　　横溝正史

当時の交友関係をベースにした物語「素敵なステッキの話」。外国を舞台とした怪奇小説の「夜読むべからず」や「喘ぎ泣く死美人」など、ファン待望の文庫未収録作品を一挙掲載！

髑髏検校　　横溝正史

江戸時代。豊漁ににぎわう房州白浜で、一頭の鯨の腹からフラスコに入った長い書状が出てきた。これこそ、後に江戸中を恐怖のどん底に陥れた、あの怪事件の前触れであった……横溝初期のあやかし時代小説！

角川文庫ベストセラー

眼球綺譚　綾辻行人

大学の後輩から郵便が届いた。「読んでください。夜中に、一人で」という手紙とともに。その中にはある地方都市での奇怪な事件を題材にした小説の原稿がおさめられていて……珠玉のホラー短編集。

Another (上)(下)　綾辻行人

1998年春、夜見山北中学に転校してきた榊原恒一は、何かに怯えているようなクラスの空気に違和感を覚える。そして起こり始める、恐るべき死の連鎖！名手・綾辻行人の新たな代表作となった本格ホラー。

海のある奈良に死す　有栖川有栖

半年がかりの長編の見本を見るために珀友社へ出向いた推理作家・有栖川有栖は同業者の赤星と出会い、話に花を咲かせる。だが彼は〈海のある奈良へ〉と言い残し、福井の古都・小浜で死体で発見され……。

朱色の研究　有栖川有栖

臨床犯罪学者・火村英生はゼミの教え子から2年前の未解決事件の調査を依頼されるが、動き出した途端、新たな殺人が発生。火村と推理作家・有栖川有栖が奇抜なトリックに挑む本格ミステリ。

悪果　黒川博行

大阪府警今里署のマル暴担当刑事・堀内は、相棒の伊達とともに賭博の現場に突入。逮捕者の取調べから明らかになった金の流れをネタに客を強請り始める。かつてなくリアルに描かれる、警察小説の最高傑作！